my LiTTLE PONY

小马宝莉之

友谊就是魔法

虫虫女王归来

[美]孩之宝著

伍美珍儿童文学工作室改编

浙江少年儿童出版社·杭州

紫悦

性别：女
种族：独角兽
→天角兽

紫悦的可爱标志是一颗洋红色六角星被五颗白色的小六角星包围着的印记。她在宇宙公主的天才皇家独角兽魔法学院就读，被宇宙公主派到小马谷，学习关于友谊的知识。紫悦勤奋好学，喜欢阅读，会很多强力魔法，个性非常认真负责，基本上不相信书以外的其他知识。

碧琪的可爱标志是三只气球。她喜欢蹦蹦跳跳地走路，喜欢开派对，喜欢吃甜品，喜欢唱歌，喜欢交朋友，也喜欢恶作剧。她拥有神奇的第六感，每次有坏事要发生，她身上的一些部位就会开始发抖。她的价值观和大家不太一样，经常做些看上去有些神经兮兮的事情。碧琪最大的梦想就是让她所有的朋友发自内心地笑。

碧琪

性别：女
种族：陆马

云宝

性别：女
种族：飞马

云宝的可爱标志是一道彩虹闪电。她性格外向，勇敢、爱冒险，也爱和碧琪一起搞恶作剧。她具有所有飞马都会的技能——控制天气，而且很在行。云宝还很有飞行天赋，经常自创一些飞行特技，梦想就是加入闪电飞马队。她的必杀技是"彩虹音爆"。

柔柔

性别：女
种族：飞马

　　柔柔的可爱标志是三只粉色的蝴蝶。她外表柔弱，声音细嫩，害羞又胆小，是很美丽迷人的小马。她很擅长管理小动物，可以与各种各样的小动物沟通，并且可以指挥他们一起行动。她最宠爱的是小兔子安吉尔。柔柔的"凝视大法"能让很危险的动物失去气势。

苹果嘉儿

性别：女
种族：陆马

　　苹果嘉儿的可爱标志是三个苹果。她家有自己的甜苹果园，她很喜欢苹果，会做各种苹果料理，也很擅长运动。性格直爽干脆，勇敢可靠，对什么都很负责，不过有时候稍微有点倔强。她兴奋的时候会挥动前蹄，大喊："耶——哈！"

珍奇

性别：女
种族：独角兽

　　珍奇的可爱标志为三颗菱形蓝宝石。她是一位流行设计师，非常向往坎特洛特城，希望自己能嫁给贵族成为上流名马，拥有自己的服饰店。珍奇有洁癖，无法忍受凌乱或肮脏的事物。她总是能引领潮流，每时每刻都希望自己成为焦点。

目录

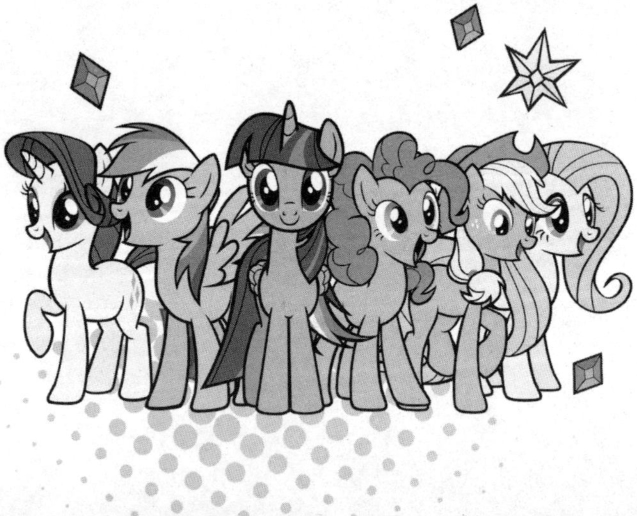

虫茧女王归来

拯救可爱军团

1 后院惊魂

"我们马上就要获得'动物学可爱标志'啦！"苹果丽丽一刻也闲不住，兴奋地在草地上跑来跑去。

醒目露露大声地提醒她："才不是'动物学可爱标志'呢！我们这次要拿的是'丛林学可爱标志'！"

醒目露露之所以会这么说，是因为可爱军团的三只小马现在正站在一轮弯弯的月亮下面，脚踩着湿漉漉的草地，周围都是茂密的树丛。头顶的大树上，一只树鼠用尾巴把自己倒挂在树枝上，伸着鼻子嗅着苹果丽丽身上的苹果香气，小鼻尖都快要碰到苹果丽丽头顶的大蝴蝶结了。

此时此刻，甜心宝宝可没空闲聊，她正坐在她们的"丛林探险队大本营"里，专心地研读着动物学图册呢！

"大本营"的制作方法十分简单，只要拿出一只纸箱，撕出一个入口，然后挂上一盏油灯，一个秘密据点就完成了！

看，大本营有了，丛林探险装备穿在身上了，一场精彩艰险的丛林冒险马上就要开始了！但是还有一个问题——

"柔柔家的后院算不上'丛林'吧。"甜心宝宝说。小兔子安吉拉正在她的脚边打着盹。

唉，因为真正的丛林太危险，家长们只允许她们到柔柔家的后院里来"探险"。这里有碧绿的草地和茂密的树林，里面生活着各种各样的动物，动物们都和柔柔一样温柔可亲，不会对小马有任何伤害。

"怎么不算了？"醒目露露一身标准的探险家装扮，她扯了扯腰间的绳子，说，"柔柔家的动物，比真正的丛林里还多呢！"

甜心宝宝像个老学究一样翻着书："这本书上说，研究马类的学术被称为'河马学'。"

醒目露露表示抗议："我们和河马明明是两码事，河马的体形巨大，而我们娇小可爱。"

就在这时，树林里传来了一阵憨厚的笑声。醒目露露有点不高兴了，她严肃地说："苹果丽丽，不要笑啦！我可是很认真的！"

"我没有笑啊！"苹果丽丽无辜地站在她身后，"我一直都很安静！"

"好像是从树林里传来的，我还以为是苹果丽丽钻进树林里去了。"甜心宝宝扔下手里的书，扶了扶头上的帽子，"让我们亲自去树林里看一看！"

"等等我们!"醒目露露和苹果丽丽大声喊着,跟在甜心宝宝后面,冲进了树林。哎呀,只见一只皮肤光滑、体形硕大的动物正在围栏里哈哈大笑呢!她头上的大蝴蝶结随着笑声一晃一晃的,和苹果丽丽一模一样。围栏上挂着一块木牌,木牌上醒目地写着:河马。

"我收回我刚才说的话!"醒目露露笑得肚子都痛了,"这只河马简直就是世界上的另一个苹果丽丽啊!"

甜心宝宝已经把帽子都笑掉了,她乐得在地上打滚,沾了一身的草。

笑不出来的只有苹果丽丽,她哭笑不得地大喊:"喂!你们不要笑了!"

可爱军团的到来,让后院里的动物都睡不着啦,他们纷纷跑过来围观这三只大晚上不睡觉的小马。蝙蝠倒挂着看她们叽叽呱呱地说话,狗熊踩着滑板来凑热闹,就连狮子先

生也不睡觉了，默默地在可爱军团身后的狮山上趴着，紧紧地注视着她们。

"今天我们要做些什么呢？"甜心宝宝说，"是和动物们沟通呢，还是去驯一下那头狮子？"

醒目露露瞄了一眼狮子先生，吓得吐了吐舌头："我可不想……我们仨还不够他塞牙缝的……"

"我看我们还是分头行动吧，"苹果丽丽迈开了马蹄，"去找各种各样的动物，搞不好，我们分别跟不同的动物有心灵感应。比如，我的天赋就是和孔雀一起跳舞；甜心宝宝的天赋是和大熊交流；醒目露露的天赋是读懂小猪的心思……这样，明天一早我们再碰头的时候，搞不好都已经拿到可爱标志了！"

"喂喂，为什么我就是和猪搭配呢？"醒目露露抗议道。

"哎呀，我就打个比方嘛，不要太认真啦！"苹果丽丽摆摆蹄子。

就这样，可爱军团在柔柔家的后院里找到了各种各样的动物，可爱的小狗，黄色的小鸭子，黑色的大乌鸦，呱呱叫的青蛙，懒洋洋地抱着树的树袋熊……

"太棒了，这么多动物！要是我们再得不到可爱标志，那简直没天理啦！"醒目露露胸有成竹地说，仿佛可爱标志已经是她们的囊中之物，"这么多动物，总有一款适合你！"

"那个……"甜心宝宝戳了戳两个小伙伴，"那个……我有个问题……已经想说很久了……为什么那些动物都盯着我们看？"

在甜心宝宝的提醒之下，醒目露露和苹果丽丽朝四周看去，果然，刚才的狮子啦，松鼠啦，青蛙啦，蝙蝠啦……各种动物排成了行，双眼泛着荧光，盯着她们，慢慢逼近……

"哗——"他们的爪子突然齐刷刷地挥了过来！可爱军团的三只小马抱在一起，发出了凄惨的尖叫……

2 恐怖小·马谷

小马谷又迎来了新的一天，村民们早早地起床出门，大街上变得热闹非凡。早餐店的大门已经敞开，水果派香甜的味道飘满了整条街。大家挎着包，开始了一天的采购。当然，早晨的空气最清新，出来散散步，遛遛宠物，也是非常不错的选择。

只有云宝还躺在云朵上呼呼大睡，仿佛"起床"这件事和她没有什么关系。

在甜苹果园里，苹果嘉儿早就做好了早饭——苹果派、苹果汁、新鲜苹果，全都摆上了桌。可是妹妹还没有起床，这个小懒虫，大概是昨天晚上玩得太累了吧。

"苹果丽丽，起床啦！"苹果嘉儿对着房门大喊一声。过了一会儿，她就看见苹果丽丽的蝴蝶结一晃一晃地从房间里出来了。

"早啊，我的小牛仔，"苹果嘉儿满面春风地打招呼，"昨晚的活动进行得怎么样？你拿到可爱标志了吗？"

但苹果丽丽只是麻木地回答："没有。"

瞧着妹妹一副无精打采的样子，苹果嘉儿想大概是忙活了一晚上，却还是没有拿到可爱标志，所以很消沉吧。于是，她安慰妹妹说："没关系，你还可以试试别的可爱标志嘛。紫悦说，最近会有一颗彗星光临，你可以搭个帐篷观测彗星，挑战一下'天文学可爱标志'。"

然而苹果丽丽双目无神，有气无力地

说："不感兴趣……"接着，她连饭也不吃，慢慢地走出了家门。

"她这是怎么了？"苹果嘉儿望着苹果丽丽的背影，突然觉得有些不妙。

另一边，在珍奇的家里，也发生了同样的事情。

"早啊，甜心宝宝，你看起来好没精神啊！"珍奇正对自己设计的一件服装做最后的修改，甜心宝宝从她的身边路过，两眼直愣愣地瞪着，眼神完全放空。

"我很好，再见！"甜心宝宝连看也不看珍奇一眼，就走了出去。

"现在的小孩都怎么啦？怪怪的……"珍奇察觉到有点不妙，但很快，设计灵感转移走了她的注意力，"啊！那顶帽子还得再加上一根羽毛！"

珍奇修改完了帽子，正在欣赏自己的杰作，云宝突然飞了过来，表情失魂落魄，像是受到了什么打击。

"我刚才看到了醒目露露！"她惊魂未定地说，"我最近练了新的飞行动作，想让她帮我掐一下秒表看一下时间，可是你猜她说什么？她居然跟我说'不要'。她以前根本不会拒绝我的！我的飞行动作这么帅，她居然对我说'不要'！"

这就很奇怪了！醒目露露可是云宝的忠实粉丝，她这样的举动，确实有问题！等等，不只是她，她的两个小伙伴今天也表现异常，究竟是怎么了？

"哎呀呀，今早甜心宝宝也对我很冷淡……"珍奇刚跟云宝说完事情的经过，就被云宝一个俯冲拽到了门外。

刚出门，她们就遇上了苹果嘉儿，她正在向街上的小马打听苹果丽丽的下落呢。

"看到我妹妹了吗？她刚才表现得好奇怪啊，出门之后，我就找不到她了！"

可是街上的那些小马们全都眼神呆

滞，神情恍惚，完全没在听她说话。

"苹果嘉儿！"云宝赶紧振翅飞了过去，"我跟你说，刚才，我看见了醒目露露，她……"

听完了云宝和珍奇的话，苹果嘉儿才知道，原来这么多小马身上都发生了异常的改变。

苹果嘉儿当机立断："我们还是去问问紫悦吧，我总觉得这事儿不一般，紫悦知识比我们渊博，说不定知道这是怎么一回事。"

她们快马加鞭往图书馆赶去，不料才跑到半路，就迎面撞见了紫悦。

紫悦也紧锁着眉头，一看见她们连忙跑了过来。

"今天大家都好奇怪啊！"紫悦说，"过几天有彗星经

过，我准备举办一个观测活动，可是大家都恍恍惚惚
的，没有一个愿意听我说……"

情况不对头！非常不对头！凭着直觉她们也能感觉
到大大的不妙！

"我妹妹她们一定是出事了！"苹果嘉儿急得咬牙切
齿，可是她完全不知道该怎么办！这可怎么好呢？

"你们看见采妮老师了吗？她今天没有去学校。"一
个温柔的声音传来，是柔柔。

碧琪跟在柔柔身后，絮絮叨叨地自言自语："蛋糕夫
人的甜品铺今天也没有开门。奇怪奇怪真奇怪！我还以
为她是要关门准备蛋糕先生的生日呢！可是还有42天才
到她先生的生日，急什么呀？我就跟他们说了呀，可是
他们瞪着我不说话，好像我是个疯子。哈
哈，奇怪奇怪真奇怪！"

不知道是不是因为碧琪的笑声太过尖

锐，紫悦发现越来越多的小马正向她们聚拢过来，而且个个眼神呆滞，动作僵硬……一阵寒意蹿上了她的心头。

"行为怪异的小马正在不断地增加……"她悄悄地说，"你们发现了吗？"

话音未落，一只小马便挥舞着蹄子，凶神恶煞地向柔柔扑了过来！

"啊——"柔柔吓得一猫腰，躲到了紫悦的身后，"我我我……我觉得他们好像要攻击我们，怎么办怎么办？我们还是先躲一躲吧！大街上太恐怖啦！"

她说得没错，现在，大街上满是行尸走肉般的小马，一个个眼神诡异！

"走！躲进图书馆！"紫悦振蹄高呼。

大家拼命撒开蹄子跑了起来。云宝一马当先，率先打开图书馆的大门，招呼大家进去。六只小马依次冲进了图书馆的大门，碧琪最后一个进门，连忙"砰"的一声把门关上，上了好几道锁。

终于安全了！大家累得趴在了地上。那些穷追不舍的奇怪小马们扒在窗户上，窗玻璃上满是黑乎乎的身影。小马们不断地敲打着窗户，把大家吓得连大气也不敢出——天哪，此时此刻，她们仿佛坠入了僵尸城！

⭐3 虫茧女王

小马谷的居民们究竟是怎么了？

紫悦的大脑飞快地转动起来——这诡异的场景似乎有几分熟悉。啊！她猛然想起了一只可怕的小马——虫茧女王！虫茧女王是幻形族的女王，她邪恶又强大，曾经大闹闪耀盔甲和音韵公主的婚礼，还好被紫悦她们击退了。她最擅长的伎俩就是将小马洗脑，操纵幻形族变成别人的模样。难道这次又是她捣的鬼？

紫悦快步走到书架前，用魔法取下一本笔记，翻开给大家看："伙伴们，我有头绪了，你们看，今天我们看到的奇怪小马们，恐怕是被洗脑了！他们肯定是遭到了幻形族的入侵，这本研究笔记有详细的记载……"

笔记本上画有被洗脑的小马形象，那大而无神的眼睛，缩小的瞳孔，和刚才她们遇到的小马一个样！

那上面还有幻形族的画像——邪恶的幽蓝色眼睛，布满腐蚀破洞的身躯，尖锐的利角，长长的獠牙……柔柔看得打了个哆嗦。

"糟了，如果这真是虫茧女王捣的鬼，那可就麻烦了！恐怕她这次的目标是——整个小马谷！"苹果嘉儿无比担心。

"那还等什么？快点通知宇宙公主啊！"云宝的脑子转得快，"只有她能帮我们啦！"

"没错！"紫悦赶快呼唤她的小助手，"穗龙，快写信过去！"

穗龙已经拿起纸笔了："好嘞，这就写！"他飞速地在羊皮纸上划拉着。

三分钟后……

"哎，'紧急'的'紧'字下面是什么？啊，我写错了，再写一遍……"穗龙撕了信纸，重新开始。

"'亲爱的宇宙公主'……啊，又写错了！再重来！"

哎呀，真是越忙越容易出错！在写错了四次后，穗龙终于写好了信，卷起来，系上绳子。

"这次没问题了吧?"紫悦松了一口气,"快发送吧!"

"交给我吧!"穗龙拍着胸脯,把信扔到空中,向它吹了一口气,信纸在绿色的火焰里渐渐烧完了。

"接下来只要等回信就好了……呃!"穗龙的话还没说完,突然打了一个响亮的嗝,一封信从他的嘴里喷了出来,弄得他措手不及。

"哇,这也太快了吧!"碧琪笑着说,"这难道就是传说中的'特快专递'?"

当然啦,宇宙公主的回信可以通过穗龙直接传送过来,真是方便又快捷呢! 不过,这封信确实回得也太快了……

紫悦急忙打开信纸一看,上面赫然写着:"亲爱的用户,您发送的用户不在服务区,请稍后再发!"

"怎么会这样!"紫悦惊讶得眼珠子都快掉出来了,"竟然是退信!"

在这紧要关头，宇宙公主居然不在！这实在是太糟糕了！

⭐4 查明真相

一边的云宝摩拳擦掌："她不在就算了！看来这次只能靠我们自己去战斗了！上啊！"

苹果嘉儿也早就等不及了，她恨不得马上就冲出去与虫茧女王决一死战："如果虫茧女王就是让我妹妹失踪的罪魁祸首，我一定饶不了她！走，让我们找她好好算账去！"

紫悦赶快拦下她们，她指了指玻璃窗——窗外，好多双发蓝的眼睛正贴在玻

璃上，虎视眈眈地盯着屋里，像是在贪婪地搜寻着什么。

"就这么出去的话，肯定被他们抓个正着。"紫悦叹了口气，"我猜，一旦他们发现我们没有被洗脑，就会上来攻击我们的。"

"我有个主意！选我！选我！"碧琪在一边蹦蹦跳跳，高举马蹄，不知道她又想出了什么疯狂的主意。

但是眼下也没有别的好办法了，就算是碧琪的意见，也只能听一听啦！

碧琪让小马们和穗龙排成一排，然后雄赳赳、气昂昂地发表她的讲话："所有的小马——和小龙，听我说，我们要绕开那些不正常的小马！"

"这还用你说？"大家纷纷抗议。道理谁都懂，只是，怎样才能绕开呢？

"首先，你们要放空大脑。"碧琪做了个示范，她的眼神开始逐渐放空……

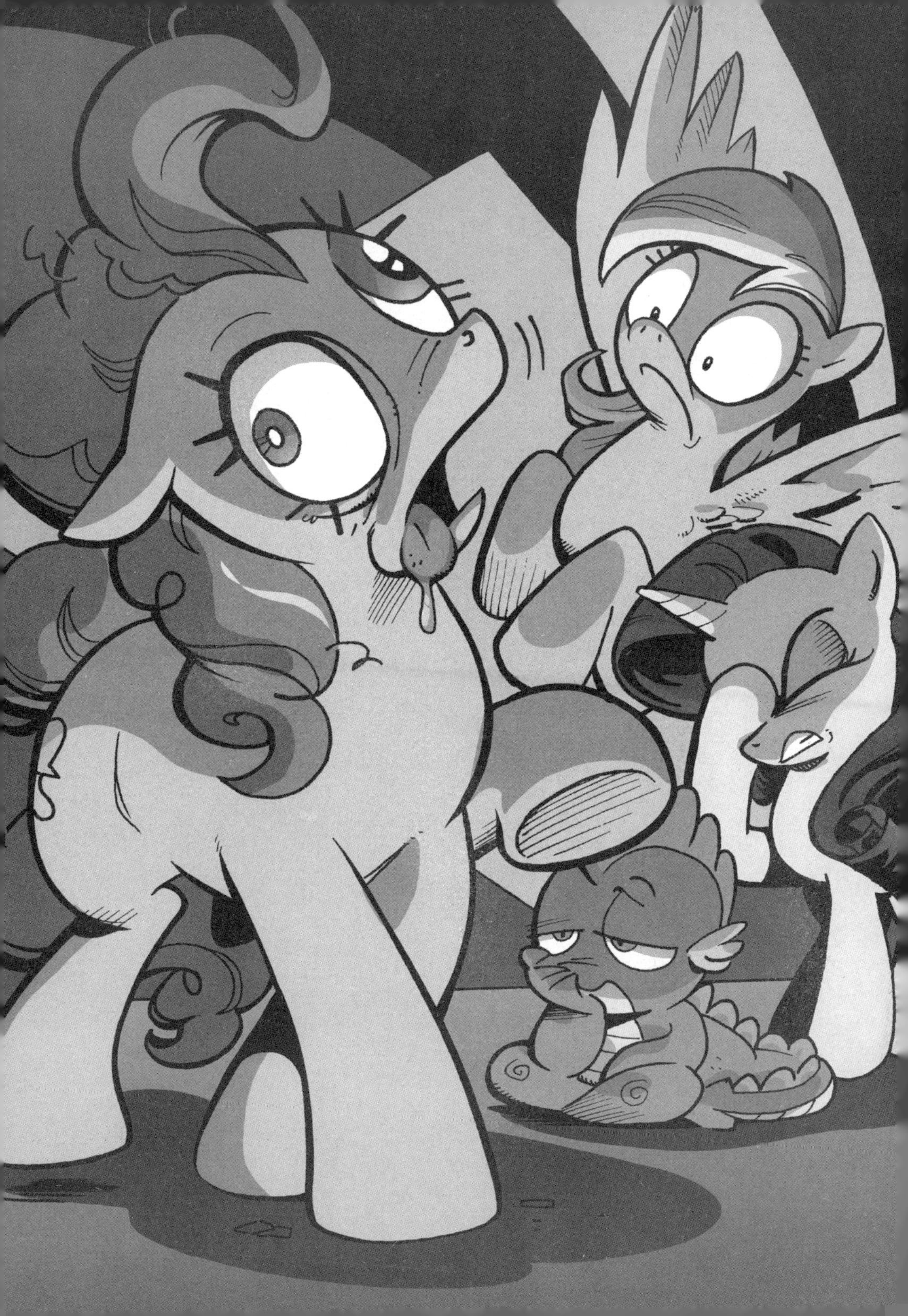

　　"然后，要像僵尸一样走路……"碧琪歪歪扭扭地走了起来，"然后，微……微笑，要皮笑肉不笑，肉笑骨不笑！越恐怖越好，越狰狞越好——就像我这样！"

　　你别说，脸上挂着似笑非笑的抽筋表情，碧琪看上去俨然就是一只惨遭洗脑的小马。

　　大家都被她的样子弄得哭笑不得，但不得不承认，这招似乎很有用。

　　"好了，出发吧！"在碧琪的号召之下，大家东倒西歪地出了门。苹果嘉儿翻着白眼，柔柔扭成了"S"形，珍奇的美女形象荡然无存，惹得云宝快要憋不住笑了……连穗龙也变成了一条呆呆的小龙，抬着两只手臂，像僵尸一样走起路来。

　　"这招奏效了！哈哈哈哈哈！"碧琪的疯癫简直用不着伪装，她一蹦一跳的，看上去就是个精神病。紫悦跟在后面，努力地保持着假装出来的怪样，却发现——

咦，刚才的小马们呢？

那些疯狂的小马怎么不见了？刚才明明还在外面满地转悠的。

他们经过一片小树丛，来到一片荒地。

更怪的事情发生了：只见路上放着一块松饼，几步之外又有一块，稍远一些又有一块……这些看上去很好吃的松饼排成一条线，一直延伸到一棵大树下，就像……就像某种诱饵。

而这些诱饵的旁边，赫然印着一排蹄印——看来有小马中招了。

大家顺着蹄印，悄悄地靠近……绕过一片枯木，不得了的一幕展现在了眼前：被松饼诱惑到树下的小马，一脚踩进了一摊绿色的稀泥中。这稀泥居然一跃而起，三下两下就把那只小马给吞了，做成了一只黏糊糊的虫茧。两个幻形

族从一旁冒了出来，其中一个幻形族抱着松饼盒子，显然，陷阱就是他布下的。而另一个摇身一变，就变成了那只被吞噬的小马的模样。

他们对望了一眼，阴险地笑了起来。

"天啊，他们把小马封进虫茧里，再伪装成小马的样子！"紫悦惊呆了，一不小心踩上了一段枯枝。"咔嚓!"枯枝断裂，发出了声响!

两个幻形族听到动静立刻换上了凶神恶煞的表情，号叫着冲了过来!

可是和他们面对面的，是紫悦他们辛辛苦苦练出来的痴呆脸。

"咕咕咕……"苹果嘉儿像模像样地发出了口水在喉咙里打滚的声音。

"啊……啊……"穗龙垂着手，大张着嘴巴，其实他胸口的心脏"咚咚咚"地跳个不停。

拜托拜托，千万不要被他们识破啊！

两个幻形族你看看我，我看看你，真的以为他们是被洗了脑的普通小马和小龙，于是放松了警惕，不以为意地飞走了。

看着幻形族离开，大家终于大大地松了一口气。

苹果嘉儿擦了擦满头的冷汗，说："终于走了，还好我们装得像。"

不过现在还不是松懈的时候呢！他们只找到了一只受害的小马，那么，其他的受害者呢？一定还有其他的小马遇害了！

穗龙顺着幻形族飞去的方向远远望去，看见了一栋阴森的建筑。

"还找什么呀？肯定是那儿啦！"紫悦也指着它叫起来——那栋高大的塔楼闪着绿光，外墙黑黢黢的，一看就是邪恶势力

的大本营!

"伙伴们,上!"苹果嘉儿甩着牛仔帽就冲了上去,"我要把他们打得满地找牙、屁滚尿流!我要他们跪在地上,哭着把我妹妹还回来!"

5 大战幻形族

"啊哒!"塔楼的大门被六只小马一起踢开,大家冲进了布满幽光的大厅。

天啊,这里仿佛是一片绿色的恐怖密林——绿莹莹的地面上,堆放着无数个黏糊糊的虫茧。洗过脑的小马们大睁着眼睛,被关在那些虫茧里面,动也动不了,仿佛一个个空洞的木乃伊。

"看，大家都在这儿呢！"碧琪蹦到前面去，"我们马上救你们！坚持……啊！"

她突然尖叫起来，因为——

"嘎啦嘎啦……""嘎吱嘎吱……"伴随着恶心的声音，从虫茧后面，突然冒出一个又一个幻形族。他们气势汹汹地瞪着闯进来的小马们，蓝色的眼睛放出凶恶的光，尖利的毒牙咬得嘎嘎作响，嘴巴还滴着黏液。他们舔舔嘴，好像见到了送上门的美味。

"怕了你们不成？来啊，看我不给你们点颜色瞧瞧……"云宝斗志昂扬地喊道。可是话还没说完，就看到越来越多的幻形族冒了出来，一看到这支幻形族大军，她吓得声音都弱了下来，赶快捂住了嘴。

幻形族们嘶鸣着，铺天盖地地向小马们扑来。紫悦临危不乱，稳稳地站在原地，准备应对攻击。上次在皇家婚礼中，

她和伙伴们成功地用魔法击退了幻形族和虫茧女王，所以她对自己充满了信心。

"姑娘们，别怕！我们不是赢过一次吗，所以这次我们必……"紫悦的"胜"字还没说出口，幻形族们就开始变形了。这一次，他们变成了一种非常、非常可怕的生物，那就是——碧琪！

眼看着上百个碧琪闪着大眼睛，嘻嘻笑着出现在大家面前，柔柔吓得捂住眼睛不敢看了。苹果嘉儿天不怕、地不怕，就怕从不按套路出牌的碧琪。这下好了，一下子来了这么多个碧琪，真是要命！

这么多碧琪要是一起闹腾起来，整个宇宙都要被掀翻啦！太可怕了！

这个时候，真正的碧琪是什么样的反应呢？她可开心了，捧着脸说："啊，太好玩了！这样开派对一定很棒！哎呀呀，怎么办呢？要是我们待会儿惨遭不幸，被做成了'蚕宝宝'，可就享受不到这么好的派对啦！好可惜呀！"

"别乌鸦嘴了！"紫悦大吼道。她用力催动魔法——"嚓！"紫悦的魔法击中了一个假碧琪。

"嘶——"假碧琪发出了恐怖的叫声。

"砰！"云宝扬起后蹄，一个飞踢，把一个假碧琪踹得飞了出去，砸在了一个虫茧上。

"小心！不要伤到虫茧里的小马！"苹果嘉儿高呼一声，用帽子扇飞了一个假碧琪。

"云宝，下手轻点，你打疼那个冒牌碧琪啦！"柔柔竟然担心起了对手。

"柔柔，对待坏蛋要什么温柔啊！"云宝说着又踢出更有力的一脚。假碧琪号叫着现出了原形，抓住云宝的鬃毛，尖利的蹄子往她的脸上挥去。"刺啦"一声，云宝的脸上顿时

出现了一道长长的伤口，她疼得大叫起来。

"啊！云宝！"柔柔心疼地冲了过去。这下她彻底被激怒了——伤害她的朋友，绝对不能忍！柔柔的眼神瞬间变得凶狠无比，她一把揪住幻形族的脖子，怒吼声简直震耳欲聋："你敢伤害我的朋友！你这个……你这个大害虫！你们全都给我滚回老家，面壁反省一万年！"

柔柔的"河东狮吼"杀伤力达到了一万点，吓得幻形族们大面积撤退。

"嗯，都回去反省了啊，很好，"柔柔一甩秀发，又恢复成了温柔的样子，"这可都是你们自愿的。"

一旁的小伙伴们已经被柔柔的两副面孔吓呆啦——生气的柔柔，简直比幻形族还可怕嘛！

这下，幻形族已经去了大半。剩下的冒牌碧琪中，有好几个将珍奇和碧琪团团围住，步步逼近。

看着许许多多和自己一模一样的脸，碧琪好奇地转了转眼珠，看看这个，又看看那个："哎呀呀，他们都变得和我一样了，怎么才能分清哪个是真的我呢？我是不是真的我呢？我怎么证明我是我呢？好难啊！"

珍奇凑到她旁边，不怀好意地笑着："我有个好办法，你要允许我做一件我一直都很想做的事情！"说着，珍奇上前揪住了碧琪，她灵巧的蹄子一拉，一扯，一卷，一拽……碧琪的鬃毛被揪出了各种各样的形状，她疼得嗷嗷直叫，眼泪都快掉下来了。

"完成了！"珍奇拍了拍前蹄，满意地看着自己的"作品"，"最时尚的发型诞生啦！"

天哪，碧琪的一头天然鬈发，被活生生地改造成了和珍奇同款的法式优雅大卷！不过这下，大家一下子就能分清真正的碧琪和冒牌货啦。

"攻击！"云宝趁机发起了冲锋，她一边踢，一边喊"珍奇，你怎么还不上啊？

来吧，你就想，这些假碧琪全都穿着过时的衣服！来呀，爆发你的战斗力！"

珍奇闭上眼睛，开始幻想："过时的衣服……"

顿时，碧琪穿着西装，配着运动鞋的样子浮现了出来……天哪！这简直是世界上最丑的搭配，绝对不可原谅！

珍奇睁开眼睛，怒气幻化成巨大的魔法，瞬间把一大堆冒牌碧琪给震得远远的，飞到了屋子的另一头。

苹果嘉儿在一旁陷入了苦战，她正被一堆假碧琪紧紧围着，脱不开身。

"紫悦，快帮我！救命啊！"苹果嘉儿大声呼救。

紫悦赶紧过来援助，她击飞了困住苹果嘉儿的幻形族们，但是他们一波又一波地扑上来，简直没完没了。

这样下去不是办法呀，紫悦冲伙伴们高呼："我们得换个战术，这样拖下去，我们肯定会耗尽体力！我们要想个好点子，一次性把这些'害虫'全都解决掉！"

"要好点子当然找我啊！"真正的碧琪尾巴一抖，掏出她的秘密武器——派对大炮！她将炮筒对准了幻形族们，一按开关——

"轰——"从大炮里发射出了一堆粉红色、黏糊糊、香喷喷的玩意儿来，把幻形族们全部粘在了一起，这下，他们全都粘成了一块，动弹不得啦。

"这是什么东西？"紫悦目瞪口呆。

"这个是我用来制作超有嚼劲的双层软软软糖的……"碧琪一副很舍不得的样子，"呜呜，这下全用光啦，我的双层软软软糖泡汤啦！"

珍奇走到那块"幻形族巨型糖果"跟前，喜滋滋地戳了戳，又舔了舔："嗯，味道不错，咱们真是动作片的开场，喜剧片的结局，哈哈！完美！"

⑥ 虫茧女王的音信

小马们齐心协力，把地上的虫茧一个个打开，将被困住的小马一只只地救了出来。从虫茧里出来的小马们恢复了神志，大家来回奔走着，寻找自己的亲人和朋友，小马谷很快又热闹起来啦！

"我们都找遍了，怎么还是不见苹果丽丽、醒目露露和甜心宝宝呢？"珍奇和苹果嘉儿疯狂地搜遍了所有的虫茧。的确，三个小朋友还是毫无踪影！

"她们到底在哪里啊？"苹果嘉儿近乎绝望地翻找着每个虫茧，生怕自己有所遗漏。

就在这时，旁边的穗龙深吸了一口气，像是要喷出消息的样子，可是他哈——哈——哈——了半天，也没把信打出来。

"来消息了吗？我帮你！"打上了瘾的云宝一脚踹到穗龙的背上，把他踢得"嗷"的一下，从嘴里吐出一个发着绿光的圆球来。

"咦，不是信啊？"连穗龙也不知道这是什么东西，"我不会是吃坏肚子，吐了吧？也不对呀，我可没吃过这个东西啊？"

"反正不是宝石。"珍奇摸了摸那个冰冰凉凉的圆球，不是宝石的东西她都不感兴趣。

"这看上去像一个蛋！"柔柔轻轻地说。这也不是鸟蛋，这样的蛋里，会孵出什么来呢？

紫悦凑近了仔细观察："难道……难道是宇宙公主寄来的？"

"哇哈哈哈哈！"圆球内突然发出一阵

恐怖的怪笑。球里的气体打起了转，然后，虫茧女王那张邪恶的脸慢慢地显现了出来！

"哈哈哈哈！看来你们不费吹灰之力就识破了我的仆从们的变装，是不是啊，小紫悦？哦呵呵呵！我猜，你们现在肯定也发现三只小马失踪了，对不对？哈哈哈！"

她舔了舔尖尖的獠牙，阴森的脸上布满了得意。

一听到虫茧女王提到妹妹的失踪，苹果嘉儿和珍奇忍不住破口大骂："我们的妹妹在哪里？快把她们交出来！你这丑八怪，浑身酸臭的怪物！"

"啧，啧，女士们，请注意你们的言辞！"虫茧女王高傲地仰起脖子，走到一个布满黏液的囚笼旁。那里面关着的，就是可爱军团呀！

"不要出言不逊，女士们，你们的妹妹可在我的手上呢！"虫茧女王指了指三只小马。

精明的珍奇可不会随便相信坏人的话："你怎么证明

她们是真的呢？哼，我看，搞不好是你的手下变的吧！"

"哎呀哎呀，不要这么不信任我嘛，"虫茧女王耸了耸肩，"是不是真的，你们难道认不出来吗？"

三只小马聊天的声音从圆球里传了出来，只听苹果丽丽说："我们这次会不会得到可爱标志呢？"

"我们都这样了，你还想着可爱标志？"醒目露露说，"我看是'被绑架可爱标志'吧……"

"'被绑架可爱标志'长什么样？"苹果丽丽兴趣盎然地问。

"鬼才知道呢，肯定像一坨屎。"醒目露露随口说。

"哦，那我不想要了……"苹果丽丽赶快捏住鼻子。

甜心宝宝夹在中间，翻着白眼听着两个小伙伴的白痴对话。

聊天内容全是"可爱标志"，能说出这样的对话的，只有原版的"可爱军团"，别

无其他小马了。

"是她们没错……"苹果嘉儿不得不承认。

"她们就在我手里，你们得快点来救她们了！"虫茧女王指着三只吵吵闹闹的小马，撇了撇嘴，"叽叽喳喳的，烦也烦死了！说不定，我听烦了，立刻就把她们给杀了。毕竟，只有死马才最安静嘛，哦哈哈哈哈！听好了，我给你们三天时间，要是你们不来……哼哼哼，后果很严重！"虫茧女王阴森地笑着，"比如……"

"哎哟！"醒目露露在旁边插嘴道，"电影里的大反派到这个时候都要说出自己的邪恶计划！"

这个小鬼好烦啊！虫茧女王凶恶地扫了她一眼。哼，她可是独一无二的虫茧女王，怎么能被一个小鬼猜中她接下来要做什么！于是她撩了撩刘海，冷酷地留下一句"再见"，就消失在了画面里。穗龙手里的大圆球里立刻显现出一张幻形国的立体地图，显示出她们要去的目的地。

1 新的冒险

　　"这个老巫婆！"苹果嘉儿咬牙切齿地说，"我们根本就是被她玩弄于股掌之间嘛！这显然是个陷阱摆在我们面前啊！"虽然是个陷阱，但她们却不得不跳进去！因为可爱军团还在她的手上呢！

　　"只有三天的时间吗？为什么是三天呢？"紫悦很是不解，她一边踱步，一边思考，"啊……难道……"

　　"我明白了！三天后，有彗星经过天空，到时候，彗星将穿过马头星云，这是千年一遇的魔法奇迹时刻！"

　　"那又怎样？我们会死吗？世界会变化

吗？有什么用呢？"碧琪一个劲儿地问。

"彗星的到来会影响这个世界的魔法，"紫悦认真地告诉大家，"整个小马利亚的魔法生物都会受影响。这是最近的大事，我想宇宙公主就是在为这件事奔波，所以才没时间回信的。"

"但是，如果宇宙公主不帮我们，我们也没办法去幻形国啊！"柔柔担心地说，"难道……你真的要自己去找虫茧女王？"

"宇宙公主不能去，或许坎特洛特城的卫兵能和我们一起去呀！"珍奇梳理着她紫色的长发，做起了白日梦，"那些卫兵可帅啦，他们有宽厚的肩膀，帅气的发型，还有坎特洛特城的口音……噢，坎特洛特的口音可好听了……"

"喂喂，你们明知道这是陷阱，还心甘情愿地往里跳？"云宝急得直打转。

"我知道这是陷阱！"苹果嘉儿等不及了，她扬起蹄子，巴不得马上出发，"是陷阱又怎样？我总不能在这儿干等吧！我要去救妹妹呀！"

"对！"珍奇跟上苹果嘉儿，"可爱军团需要我们，甜心宝宝需要我，我要和苹果嘉儿一起去！"

说完她们就冲了出去。

紫悦吓得赶紧用魔法把她们拦下："你们等等！我们得准备周全了再走吧？我们首先要研究一下虫茧女王准备怎样利用这次魔法现象，然后弄清楚她引我们前去的目的，最后要给宇宙公主写封信……"

苹果嘉儿可等不及了："等你干完这些，我妹妹说不定小命都没了！我和珍奇现在就要出发！"

"我也去！冒险怎么能不带上我呢？"碧琪想也没想就喊起来，"柔柔你呢？"

"我……我还有一大堆动物要照顾……还有好多花草要浇水……"柔柔犹豫不决。

"别担心，这些杂事拜托别人帮忙打理就好啦！你忍心不去吗？你舍得不去吗？你真的不去吗？啊？"

柔柔赶快答应下来："那好吧……我去！"

眼看着伙伴们都要前去，紫悦实在不放心，只好急急忙忙地吩咐穗龙："你留在这里继续联系宇宙公主，告诉她我们已经出发了，顺便看守这些被捕的幻形族，拜托你啦！联系上宇宙公主后，她一定会有办法的！"

"交给我吧！一定不负重任！"穗龙敬了个礼。

坎特洛特

小马谷

凶险之路

　　六只小马齐刷刷地站成一排——出发吧，向幻形族进军！

　　绿色的魔球飞了起来，飘浮在空中，似乎在给大家指路。

　　"伙伴们，我们要动身啦！你们准备好了吗?"

　　"好啦好啦！当然好啦！我已经幸福、激动、开心、兴奋得不行啦！"碧琪高兴得脸都红了，"看！太阳已经开始下山啦！今天晚上会碰到什么危险呢？哎哟，会不会有忍者呢？如果忍者穿着黑衣服，躲在黑夜里，我们会不会看不见他呢？会不会有蝙蝠? 龙? 三头龙? 九头龙?"

　　她不停地念叨着，大家终于忍无可忍，集体怒吼起来："闭嘴，碧琪！"

　　就这样，小马们新的冒险，迎着夕阳开始了！

虫茧女王归来

濒临崩塌的友谊

⭐1 迷茫的矿道

"我们现在到了——麦金坨山区，"紫悦一边看地图一边说，"我们得从南边穿过苹果核山脉，然后走过树妖丛林，之后就能抵达我们的目的地——幻形国！"

然而眼前的大山宏伟无比，直接挡住了小马们的去路。山体黑骏骏的，直上直下，山顶更是覆盖了皑皑积雪。整个山脉绵延数十千米，怎样才能翻过去呢？

这个难题可难不倒紫悦，她很快就找到了解决办法。"你们看，山里布满了古老的矿道，只要顺着这些矿道走，我们很快就能穿过山脉。"紫悦指着地图上的矿道标志说。

一听到要走进黑咕隆咚的矿道，柔柔有点害怕："那里面好像很黑啊……伸手不见五指，只有荒废了好多年的旧铁轨和矿洞……"

"而且……怪怪的。"碧琪的第六感又出现了。

云宝拍了拍翅膀，说："那多慢呀，要不我们直接飞过去吧？"

"麻烦照顾一下我们这些没有翅膀的好吗？"陆马苹果嘉儿不满地说。

"就是啊，毕竟只有我、你还有柔柔有翅膀，对于我们全队来说，穿过山脉就是最近的路。"紫悦为难地说。

珍奇也赞成大家进矿道："我们只有三天的时间去救可爱军团，既然找到了捷径，就赶快走吧！"

"对于我来说，飞过去就是捷径。"云宝噘着嘴道。

苹果嘉儿拉着云宝，不让她起飞：

"不行，我们要一起行动，你不许独自行动。"

"既然这样，那我们就别耽误时间了，出发吧！"碧琪一蹦一跳地先走了。

"碧琪，这是营救任务，不是春游！"紫悦忍不住提醒兴致高昂的碧琪，"你得提高警惕！"

"哎呀，有区别吗？在我看来都一样，都一样！"碧琪欢乐地蹦在了最前面。

地图上明明画了很多矿道入口，可是这山那么大，矿道入口究竟在哪里呢？

珍奇甩了甩头发："如果这是个宝石矿的话，我马上就能找到入口。"

珍奇特别擅长找宝石，这倒是真的。

"嘿，别担心了，傻子也能找到入口……看！"云宝飞到半空中，似乎看到了什么，她连忙把大家带了过去。

哇！在一丛丛高大植株的后面，有一整面山坡被雕成了两座华丽精美的石像，石像中间正是高高的大门！大门上方雕着一枚钻石，守门的石雕似乎是两只凶神恶煞的看门狗。这么显眼的矿道入口，想不发现都难。

小马们一踏入矿道，就感到一阵阴森森的风向她们吹来。这矿道看来真的被荒废很多年了，到处都是蜘蛛网，在漆黑的角落，竟然还堆着小马的白骨！

苹果嘉儿甩了甩头，给自己鼓劲儿："快走快走，不要看那些乱七八糟的恐怖玩意儿，走走走……一个劲儿地向前走！"

可是珍奇的脚步却快不起来，当然啦，她在四下搜索钻石呢！刚才的大门顶上就有钻石标志，说明这儿许多年前就是产钻石的呀。

"哎呀，难道连一点钻石都没有留下来吗？"她失望地看来看去。

"没钻石没关系，至少还有这个头骨

啊!"碧琪一把捡起一个小马头骨,还和它打招呼,"你好啊,头骨先生!"

"你好啊,碧琪!"碧琪帮头骨先生配音,自己回答自己。

伙伴们赶快把她拉走了——这场景实在是太恐怖啦!

"希望不会遇到什么奇怪的东西,这样我们就能安全地穿过去了……"紫悦嘴上是这么说,可是心里却暗暗地希望能在这里看到书上写的"山洞巨魔"。

走着走着,矿道越来越深,大家走进了一片黑暗中,全靠紫悦和珍奇的角发出的魔法亮光照明。就在这时,小马们的头顶上突然轰隆作响,四周摇晃起来,碎石子一波接一波地往她们的脑袋上掉,从矿道的深处,传来一声声低沉的呼唤:"小——马——小——马——"

难道是鬼吗?小马们吓得抱成一团,只听"咚咚"

的脚步声越来越近，越来越近……一个巨大的身影从山洞中钻了出来！

⭐2 山洞巨魔

　　"是山洞巨魔！"紫悦高兴极了，"我居然能亲眼看到！这可比书上写得大多啦！太棒了！"

　　"太棒了？"云宝捂着被石子砸疼的脑袋，"你是不是疯了？"

　　山洞巨魔像是由几块大岩石拼起来的，他动一动，全身就"哐哐"地响起来。他用笨拙的石头手指扒住石壁，嘴里含混地叫着："漂亮的小马！"他一眼就看上了柔柔，巨大的手掌伸了过去……

"救命啊!"柔柔的声音憋在了嗓子眼儿里。

可是山洞巨魔只是轻轻地把柔柔托了起来,还用粗粗的手指梳理柔柔的马鬃。

"你的马鬃真好看!"山洞巨魔着迷地说。

柔柔吓得只能乖乖地待在他的手中,动也不敢动。

山洞巨魔像是玩洋娃娃一样,掏出一把骨头做的梳子,用力地梳起柔柔的鬃毛。

"疼疼疼!"柔柔的毛发被他拉扯得都快断啦!

"放开她,傻大个儿!"苹果嘉儿一脚踢在山洞巨魔的腿上,结果却把自己给踢疼了,差点飙出眼泪来。

玩好柔柔,山洞巨魔像是个沉迷于新玩具的小孩子,把柔柔放到一边,又来抓下一只小马。

"呼——"大手掌向云宝伸了过去。

云宝躲避不及,被他抓了过去。山洞巨魔的手指梳来梳去，扭来扭去……云宝的头上被系了一个蝴蝶结，彩虹色的鬃毛还被拉成了小卷卷……

苹果嘉儿努力憋住笑在一旁看热闹："云宝这扮相还挺好看的嘛！我们再等待几分钟吧，一个尼斯湖水怪云宝马上就要诞生啦！"

"你等着！等我脱身了，一定把你打成尼斯湖水怪！"云宝叉着蹄子，气鼓鼓地坐在山洞巨魔的手掌心，一点小法也没有。

紫悦理智地思考着救云宝和柔柔的方法："我可以用魔法把她们救下来，但问题是——万一惹怒了山洞巨魔，我们跑得过他吗？"

"肯定跑不过，"苹果嘉儿摇摇头，"我们到时候就会被集体抓起来，全部被打扮成玩偶！"

就在这个时候，珍奇叹了一口气，说："唉，还是让我来处理这种紧急事态

吧，碧琪，快过来帮忙！"

瞧她那表情，就好像一个老师，在给犯了错的孩子收拾残局。只见她采了几根树枝，又剥了一堆苔藓，不时指挥碧琪："给那边的那个多捆上几圈，捆左边，不是右边……"

紫悦一头雾水，刚开口问："你要干什么……"

"艺术创作中，请安静！"碧琪回过头，示意紫悦别出声。

就这样，几分钟后，珍奇的艺术作品完成了！原来她用苔藓、石块和木头做出了六只假小马！不仔细看的话，这些假小马还真有几分像她们呢！

"你做这些干什么用啊？"苹果嘉儿还没看出珍奇的用意。

"还没明白？"珍奇突然对着山洞巨魔大吼一声，"山洞巨魔先生，这些是你的新玩具！"

山洞巨魔一看到六只小马形状的"艺术品"，眼睛里仿佛冒出了许多爱心："啊！漂亮的小马！"他爱不释手地把几只假小马都揽入怀中，把玩起来。

趁着山洞巨魔分神之时，紫悦赶紧用魔法把云宝和柔柔救了下来："好啦，趁现在，赶快跑！"

身后，山洞巨魔抱着和珍奇留着一样发型的"小马"爱不释手："好宝宝，我要给你起名叫乔治。"

"乔治？"珍奇简直不敢相信，她亲手做出来的自己的"替身"，竟然只得到"乔治"这样一个既不优雅也不时髦的名字，关键是，那还是个男孩的名字！

"珍奇，动作要快，等他回过神来就来不及了！"紫悦催促珍奇赶快走。

"可是……"珍奇还是对乔治这个名字难以释怀，简直挪不开步子。

"走吧，乔治！哈哈哈！"云宝打

趣道。

说归说，六只小马可不敢懈怠，一口气跑了好长一段路，直到山洞巨魔的声音一点儿也听不见了，大家才放下心来。

"山洞巨魔其实并不坏。"好心肠的柔柔说。

"他弄乱你的发型，还不坏？"珍奇可不能原谅山洞巨魔，乱玩小马的鬃毛，这可是很严重的！

紫悦则觉得自己的论文又有话题可写啦！"我要把山洞巨魔喜欢小马玩具这件事写进报告，"她说，"真是太有趣了！"

只有云宝还没忘记刚才糟糕的遭遇。"哪里有趣了！"她嚷道，"你们就不能考虑一下受害者的心情吗？"

"哦！你刚才的尼斯湖水怪造型很可爱啊！哈哈哈！"苹果嘉儿大笑起来。

⑤ 挑拨离间

眼看着自己精心安排的路线没能挡住小马们，虫茧女王非常不满意。

"山洞巨魔真是世界上最愚蠢的生物！"虫茧女王透过水晶球目睹了一切。

被关在虫茧牢笼里的可爱军团也像看电视一样看着水晶球里的小马们，忍不住讨论了起来：

"珍奇好厉害，还会用矿道里的材料做玩具呢！不愧是手工达人！"

"对了，我们以前有没有尝试过拿'玩具制造可爱标志'啊？"

"我们也能做可爱的玩具呀。"

"'玩具制造可爱标志'?"醒目露露更向往的是山洞巨魔,"我更想得到'山洞巨魔发现者可爱标志'!"

虫茧女王快被她们给烦死了,脑子里"嗡嗡嗡"的像围了一堆苍蝇,连阴谋诡计都快想不出了。

"是时候派出我的仆从了!"虫茧女王一挥手,幻形族们拍动翅膀飞了过来,"去吧,执行我的命令!"

她看着水晶球里开心的小马们,脸上露出了笑容:"呵呵呵……紫悦,让我来给你们的旅途增加一点乐趣吧,哇哈哈哈……"

另一边,在矿道里……

小马们已经走到矿道的后半段了,道路渐渐宽敞明亮起来,看来胜利在望啦!

"我们应该很快就能走出这里了!"紫悦的话刚说完,矿道就又"轰隆隆"地响起来了,巨大的石块不停地往下掉，简直像是来了一大群山洞巨魔！

"塌方啦！快跑啊！"云宝一跃而起，飞快地躲到旁边的岔路里。

"糟了！云宝！不要瞎跑！我们大家不能分开呀！"紫悦想叫住她，但是已经来不及了——落下的石块堵在她们中间，将大家硬生生地分开了！

等到尘埃落定，紫悦才听见苹果嘉儿的声音："你们在哪儿？珍奇和我在一起，你们都还好吗？"

"碧琪和我在这边，我们没事！紫悦你呢？"云宝的声音从另一个方向传来。

"柔柔和我都没事，"听见大家都平安，紫悦松了一口气，"看来我们要分开行动了，没事儿，地图上说，这些矿道最后都会通向同一条路，所以，大家听好了，我们分别沿着矿道前进，然后在终点处会合，最后一起走出去，好吗?"

"明白!"小马们爽快地答应了,分成三队向出口的方向走去。

然而她们并不知道,刚才的"塌方"可不是意外,而是幻形族搞的鬼,现在,他们已经成功地把小马们分开,然后就要开始各个击破了。

这不,碧琪正一边絮絮叨叨,一边优哉游哉地走着。飞在空中的云宝嫌她太慢了,不停地催她:"碧琪你能不能快点儿呀,蜗牛都比你快!"

"哎呀,蜗牛走得慢是因为背上的壳太重啦!你要多体谅人家!"碧琪随意地靠在一块石壁上休息起来,"咦?快看!我们下面还有条路呢,那不是苹果嘉儿和珍奇吗?"

真的呢,苹果嘉儿和珍奇正走在下方的一条路上,一边走路一边聊天。

云宝一把抓起碧琪，带她飞了下去。刚飞到苹果嘉儿和珍奇的身后，就听见苹果嘉儿说："幸好我不是和云宝组队，那家伙太自大了。"

"我也很高兴没和碧琪在一起，"珍奇回应她，"她实在是个话痨，我就没见过比她更烦人的小马。"

这下可把云宝和碧琪气坏了。

"她怎么可以这么说我！这也太不够朋友了吧！"云宝的眼睛都要冒火了。

"我……我很烦人吗？怎么没有人跟我说过？"碧琪的"玻璃心"碎了，"我明明是最招人喜欢的不是吗？你们讨厌我说话吗？讨厌我吗？"

"哼，我不讨厌你，咱们走！以后再也不要理她们了！"云宝生气了，拉着碧琪向另一条路走去。

真正的珍奇和苹果嘉儿当然不会这

样说她们，这一切都是幻形族的阴谋。说云宝、碧琪坏话的珍奇和苹果嘉儿，其实是幻形族变的呢！现在他们看到阴谋得逞，躲在暗处坏笑起来。下一个目标，是柔柔和紫悦。

这回，幻形族变成云宝和碧琪的模样，故意在柔柔和紫悦能听到的转角处大声说："我真受不了紫悦，整天都搞得好像她什么都知道似的！一股书呆子气！"

"还有柔柔！她居然会被自己的影子吓到，真没用！"假碧琪说。

天哪！她们居然说得这么恶毒！紫悦简直不敢相信自己的耳朵！柔柔更是委屈得哭了起来。

最后，幻形族又变成了紫悦和柔柔，在苹果嘉儿和珍奇附近说她们的坏话。

"你看到苹果嘉儿的样子了吗？搞得好像她才是小马领队一样，哈！其实大家都明白，她既没有魔法，脑子也不好使。"假紫悦说。

"哈哈，还有珍奇，她跑来干什么呢？还不如回家做衣服！她整天就知道做衣服、搞设计！除了这些你说她还会什么？"假柔柔说。

这两句话，可把苹果嘉儿和珍奇气坏了，苹果嘉儿怒气攻心，直接一跺脚："我们自己去救妹妹吧！谁也没求着她们一起来！"两只小马就这么下了决定。

★4 巨型狼蛛

几条岔路终于汇聚到了一起，然而，当大家会合的时候，全都气鼓鼓的，虽然前方就是出口，但是谁顾得上呢？大家都在生着对方的气呢！

苹果嘉儿瞄了一眼紫悦，愤愤地说："你看，我们没有魔法，脑子又笨，照样能走出来！"

"你什么意思？"紫悦不明白为什么苹果嘉儿要讽刺自己，"聪明又会魔法有什么错吗？"

听到苹果嘉儿这样说，云宝憋不住了，她想起了刚才假苹果嘉儿说的话。"你还说我自大？明明你最自大了！"她对着苹果嘉儿喊道。

"云宝，你有什么话就直说，别在那儿阴阳怪气的！"云宝的表现一下勾起了紫悦的怒火，假云宝的话她还没忘呢！

"我还是闭嘴好了，我可不想被人说成是话痨！"碧琪盯着珍奇，噘着嘴说。

"我喜欢做衣服有什么不对吗？你还不是就喜欢照顾小动物？"珍奇冲着柔柔嚷。

　　彼此误会的小马们互相大叫大嚷，吵成了一团，简直就是世界大战，原子弹爆发！珍奇气鼓鼓地朝柔柔冲了过去，可是，"吧唧"，她踩到了一摊恶心的黏液。

　　这种黏液一般是某种巨型怪物分泌出来的——莫非，这里藏着一只怪物？

　　珍奇前后左右瞄了瞄——没有呀！

　　这些方向都没有，难道说——一旁的紫悦看了看头顶。

　　这一看可把她吓得鬃毛都竖起来了！

　　"那个……大家先别吵了……我看到一个东西长着八条腿，正趴在墙上，还会吐丝……"紫悦的眼睛不断地往头顶瞄。

　　"我知道，我知道！是不是螃蟹？"傻乎乎的碧琪还以为紫悦在给她们出谜语呢。

"碧琪……我们恐怕没时间玩猜谜了……我建议你们……抬头……往上看。"紫悦"咕咚"咽了一大口口水。

大家齐刷刷地抬起头，一声声尖叫全都憋在了嗓子眼。

"蜘蜘蜘……蜘蛛！一群大蜘蛛！"碧琪吓得膝盖一软，差点跌坐在地上。

这是小马们见过的最大的蜘蛛了！他通体血红，像一辆巨型巴士！八条腿，四只眼，还带着一群"手下"，趴在巨大的网上，正虎视眈眈地盯着小马们呢。

"咔咔！咔咔！"大蜘蛛们一点点地爬过来，挥舞着长腿，发出了清脆的响声。

可怜的六只小马被逼到了墙角，无处可逃！

"这是巨型狼蛛，我听说他们是很温柔的生物，"柔柔一点儿也不害怕，走上前去，摸了摸带头的红色狼蛛的大胡子，"没准他们和山洞巨魔一样，是善良可爱的大个子呢？"

"这到底可爱在哪儿？"云宝可不敢苟同，她左看右看，也没看出巨型狼蛛浑身上下哪儿可爱了。

那只红色大狼蛛可不吃柔柔这套，他张开大嘴，"嘎嘣"一口，差点把柔柔的蹄子给咬下来！

"啊！"柔柔吓得大叫救命，转身便跑到了伙伴们的身后。成群结队的狼蛛大张着嘴朝小马们扑了过来！

云宝摆好了作战的姿势，勇敢地大喊："来吧！我不怕你！"

可是还没等到她出手，就被狼蛛喷出的蛛网牢牢地绑在了墙壁上。

"好吧，我认输，"云宝动弹不得，"紫悦，靠你了！快上啊！用魔法干掉他们！"

另一边，珍奇和柔柔也被逼到了角落。眼瞧着狼蛛们的脚就要攀上自己的尾巴了，珍奇闭上眼睛祈祷："求求你们，拜托拜托，不要弄乱我的发型……"

巨型狼蛛才不管珍奇的发型呢，他"噗"地喷出一张网，把珍奇和柔柔捆在了一起。

柔柔挣扎了两下，蛛网竟然纹丝不动。"这蜘蛛丝居然像钢丝一样结实，实在是太不可思议了。"她忍不住赞叹起来。

"拜托！都什么时候了，别尽说些没用的了！"苹果嘉儿一脚踹开一只狼蛛，"想点有用的策略好不好！"

"嗯……我猜鸟肯定喜欢吃蜘蛛……"柔柔说。

"我们现在到哪儿去找那么大一只鸟啊！"苹果嘉儿还在奋力反抗。要吃掉这么大的蜘蛛，那鸟起码得长到25米高吧！

几只狼蛛包围了善战的苹果嘉儿，苹果嘉儿的士气丝毫没有减弱，她大喊着："来啊！你们敢来，我就踢死你们！小虫子！哟吼！"

可是现实是残酷的，苹果嘉儿再厉害，也不能以少胜多，结果可想而知——她也被蛛网挂上了墙。

"这不公平！你们欺负我们势单力薄！"苹果嘉儿虽然被挂在了墙上但还是不服输。

现在只剩紫悦和碧琪了。紫悦鼓起勇气对碧琪说："加油，碧琪，我们能打败他们！"

"我有个好主意！"碧琪撂下这句话，就飞也似的蹿向了来时的岔路。

"你怎么跑了？你不是说有个好主意吗？快回来！"紫悦万万没想到碧琪会丢下她单枪匹马面对巨型狼蛛。这下，她可是一点胜算也没有了。这个碧琪，关键时刻掉什么链子呀！

"你们真的把我惹火了！"紫悦的魔

法在角上闪光，她准备做最后一搏。

被蛛网绑住的小伙伴们大喊着给紫悦加油鼓劲："紫悦加油，冲啊！"

魔法击中了巨型狼蛛的眼睛，成功了吗？

哦，不！他的眼睛分毫未伤，而且……

"惨啦，我好像惹怒他了……"紫悦和巨型狼蛛大眼瞪小眼，后来她干脆两眼一闭，听天由命吧！

那只狼蛛张开大嘴，一嘴的尖牙离紫悦越来越近……

就在这时，矿道又开始摇晃了，大地一波一波地震动。"糟糕，又塌方了！"云宝喊道。

"我们要被活埋在这里了！"苹果嘉儿再怎么挣扎，也挣脱不了牢固的蛛丝。

这时，从坑道里竟然传来一个低沉而熟悉的声音："小——马——"

　　是山洞巨魔！她们看见山洞巨魔撞破墙壁冲了过来，一边跑一边说："粉色小马说，这里有可爱的泰迪熊玩具！"

　　只见碧琪站在山洞巨魔的头顶上，指着巨型狼蛛说："你看，你的玩具就在那儿！"

　　山洞巨魔一把抱起巨型狼蛛，紧紧地把他箍进了自己的怀里："真好玩！我的玩具，我的玩具！"

　　说着，他就这么把巨型狼蛛拖进了坑道深处，一边走，一边开心地说："我要给你起个名字，叫'毛毛'。"

　　这下，剩下的狼蛛一眨眼就全不见了——再不跑，他们也要被拖回去当玩具啦！

　　"再见！谢谢你！"碧琪和山洞巨魔挥手作别。

　　"快把我们救出来吧！我被这蜘蛛网裹得都快喘不过气啦！"云宝声嘶力竭地在一旁喊起来。

在紫悦魔法的帮助下，小马们从蛛网里解脱出来，一起走出了洞口。

⭐5　友谊大危机

一出洞口，珍奇就赶快坐下来，整理刚才被弄乱的发型。

"碧琪你真聪明，要不是你，我们就变成蜘蛛的晚餐了！"苹果嘉儿很佩服刚才碧琪的"妙计"。

"如果我们从山顶飞过去的话，就不会遇见那么多麻烦事儿了。"云宝还是觉得自己当初的话是正确的。

"我和你说过了，我们翻山的话，要花费更多的时间！"紫悦已经不想再解释一遍了。

"走矿道也并没有多简单吧！"苹果嘉儿不服气地说，"我们还不是遇见了那么多麻烦的事儿？依我看，我们就不该听你的！"

"什么？"紫悦没想到自己竟会受到质疑，"我的计划有错吗？那你有本事自己想办法呀！"

"你以为只有你会想办法吗？"其他小马也加入进来，争吵再次升级。

这一切，虫茧女王全部看在了眼里。

"哈哈哈！"她狰狞地笑起来，"不错不错，真是一场好戏啊！六个好朋友变成了敌人，友谊这玩意儿，还真是经不起考验呢！"

这六只小马之间的友谊，确实正在经受考验。苹果嘉儿叉起前蹄说："我觉得我们应该重新换个领队了，我选我自己当领队。"

"你还能当领队？你会用这个魔法球地图吗？你压根就不会魔法，只有我的魔法才能使用它！"紫悦生气地说，"你呢？你要用嘴叼着它吗？"

"那也比你瞎指路要好得多！"

苹果嘉儿和紫悦吵得不可开交，柔柔赶紧出来打圆场："别吵啦，吵架不能解决问题，我们还是心平气和地讨论一下吧。"

"心平气和？"珍奇还记着幻形族的挑拨离间呢，她心里的气还没消，"有的小马在背后说我坏话，还叫我们心平气和？凭什么呀！"

苹果嘉儿不再吵了，她决定和大家分道扬镳："珍奇和我就能把可爱军团救回来，你们回去吧！有魔法了不起吗？谁爱用谁用！反正我不需要魔法！"

　　珍奇和苹果嘉儿一起走了，云宝生气地说："谁需要你们？你们走吧！随便！"

　　说完，云宝和碧琪站到了一起。

　　紫悦想起了假云宝说的话——她说紫悦是书呆子呢。

　　再看看站在碧琪身边的云宝，紫悦也不高兴了，她咬着牙说："云宝，你要是不想和我这个书呆子在一起，就直说吧。柔柔和我不需要你们的帮助！反正我们一个是书呆子，一个胆小又没用，对不对？我看我们还是分道扬镳最好，再见！"

　　说完，紫悦发动魔法，把自己和柔柔传送走了。

　　"她怎么突然生气了？她就这么管自己走了，那我们岂不是没有地图了？"云宝的内心简直要崩溃了，"没有地图，我们根本分不清东西南北嘛！我们现在是在哪儿都不知道！"

　　"我知道！"碧琪一蹦一跳地说，"我们马上就要进入树妖丛林了!"

"你是怎么知道的?"

"因为这块牌子上写着'树、妖、丛、林'啊!"碧琪蹦到一块石碑旁边,一字一顿地读了出来。

云宝长叹了一口气,跟在蹦蹦跳跳的碧琪身后,走进了危险丛生的树妖丛林。

现在只能这样啦,后面会发生什么,谁知道呢!

⑥ 漫长的夜晚

眼看着六个好朋友反目成仇,最高兴的就是虫茧女王了。看到自己的阴谋得逞,她别提有多快活了!

上次虫茧女王想占领小马利亚，就是被紫悦她们给搅黄了。打那之后，虫茧女王就记恨上了紫悦。所以她设下了一个陷阱，要把紫悦和她的朋友们引到幻形国来，设法让她们的友情破裂，最后抓住她们，吸干紫悦的魔法！即将降临小马利亚的彗星给了她这个机会，紫悦她们的大危机就要到啦！

说到大危机，虫茧女王不得不承认，遇到可爱军团的这三只小马，真是倒了八辈子的霉！她们整天在她的耳朵边上叽叽呱呱地吵个不停，简直快把她逼疯了。

"你们给我闭嘴！"虫茧女王忍不住冲三个小丫头大吼。

"你干吗总是发火啊？""你没听过那句名言吗？'马总生气，皱纹多！'"几张小嘴又说开了。

"我们得到过'减少皱纹可爱标志'吗？好想要这个标志啊，是不是有了这个标志就能永葆青春啦？""哎哟，这个可爱标志不错，我也想要!"

虫茧女王真是拿这三个小烦人精没办法，她只好拍着胸脯告诉自己："深呼吸，深呼吸!再坚持坚持，就能看到紫悦了，到那时，一定要吸干她的魔法……"

虫茧女王看向她的水晶球，透过水晶球，她看到离开了伙伴的紫悦和柔柔，她们在森林里点起了篝火，准备过夜。

"我们是不是做得太过火了?"柔柔惦记着朋友们，"珍奇和苹果嘉儿，云宝和碧琪，她们没有地图……可能已经迷路了!"

紫悦冷静下来，想了一想，也有点后悔："嗯……也许吧。"

"我们是好朋友，不管她们之前再怎么无理取闹，我们都应该和好的。团结大家的力量，我们才能救出可爱军团呀。"柔柔温柔地说。

"你说得对，"紫悦不得不承认，"我们分开走确实不太妙，都怪我们当时气过头了……"

紫悦打开地图，发现穿过森林的路并不多，而且都通向同一个山谷。也就是说，就算大家分开走，只要小马们没有中途返回，最后都会走到同一个地方。

"我们应该能在幻形国的边界遇到。"她判断道。

柔柔走过来，给了紫悦一个温暖的拥抱："我敢打赌，现在大家也在想念我们，她们肯定也想早点和好，肯定的！"

大家是不是都像柔柔所说的那样，在想着和好的事呢？呃……事实上，珍奇和苹果嘉儿正在争论进帐篷要不要擦蹄子的问题，而云宝和碧琪正在辛辛苦苦地钻木取火呢。

珍奇在野外搭了个帐篷，还让苹果嘉儿进帐篷前把蹄子擦干净，可是苹果嘉儿不明白："我们现在是在森林里，帐篷里的地就是土地，和外面没什么区别，为什么还要擦蹄子？"

"哼，我不管，我们又不是野蛮人，总要讲究一点吧！"珍奇骄傲地说，"快擦干净蹄子进帐篷，吃饭前我们还要换套衣服呢！"

苹果嘉儿摇摇头说："我不懂你们时尚圈……"

在森林里的另一条道路上，云宝的钻木取火也进行得不太顺利。

"我们小马怎么可能钻木取火……我们又没有那个……叫什么来着？"

"手指头？"碧琪猜道。

"对！好像是这么叫来着。"

云宝把手里的树枝全部扔掉，生气地说："紫悦和珍奇都能用魔法生火，

可恶！"

看到云宝这么生气，碧琪只想赶快开个欢乐派对，让她开心起来："哎呀，别生气啦，我给你唱一首生火歌吧！"

碧琪张开嘴唱出的第一个音符就惊天地、泣鬼神！大地为之颤抖！天地为之变色！

云宝以最快的速度飞过去，捂住碧琪的嘴："求你别唱了！你今天已经唱了三首歌了！"

最后，她们放弃了生火，靠到树上一边休息，一边思考。

"你知道我在想什么吗？"云宝终于开窍了，"我觉得在山洞里听到的那些坏话是幻形族说的，紫悦她们不可能说我们的坏话。"

"有道理，那些幻形族真狡猾……怎么才能防住他们的诡计呢？"碧琪挠挠头，又挠挠屁股，再挠挠下巴，突然——

"我有主意啦！"碧琪灵机一动，一摇尾巴，掏出一套巨型玩偶装来。她穿上之后，就变成了一个——大头碧琪！

"计划是这样的，"碧琪的声音闷闷地从玩偶装里传来，"我们各自穿上自己的玩偶装，这样，即使幻形族变成了我们的样子，我们也能通过这套衣服来分辨真假啦！没有穿玩偶装的就是假的，穿了玩偶装的才是真的！怎么样，是不是很聪明？来，我还给你带了一套，穿上吧！"

"不！我不要穿！"云宝奋力反抗，落荒而逃，但终究没能逃出碧琪的"魔爪"。

云宝觉得，今夜真的是特别、特别的痛苦又漫长……

⭐ 1 森林大逃亡

虽然被云宝识破了自己的阴谋，可是虫茧女王似乎完全不在意："紫悦的朋友们只是我邪恶计划中的小调味料，等我控制了紫悦，破裂的友谊就会伤害她们，到那时候，她们都将成为我们的大餐！哇哈哈哈！到那时，我们的力量就会增强，等我们回到坎特洛特城，宇宙公主就要向我们跪地求饶了！唔哈哈哈哈……"

这次，紫悦她们还能不能用她们的爱和友谊战胜虫茧女王呢？还是先走出树妖丛林再说吧！

紫悦一边看地图一边走着，似乎对自己很有信心："只要跟着地图走，用不了几个小时，我们就能到达幻形国的国门。这个地图也很有意思，你看，上边把所有的东西都标注得一清二楚，比如这里有个大坑……"

"大坑？啊——"柔柔刚想刹住马蹄，但已经来不及了！她们的脚下一空，一齐掉了下去。

两只小马被坑道里伸出来的歪七扭八的树枝撞来撞去，一路下落，也不知往下落了多久，终于——咚！她们着陆了。

"好疼啊……"紫悦揉着被撞疼的脑袋，问，"柔柔，你还好吗？"

"我没事。"柔柔已经站了起来，观察着周围的环境。这里的墙壁砌得天衣无缝，这说明，这个坑是谁专门修建的。

"对了！"紫悦兴奋地叫起来，"这里好像是一个监狱，我在一篇文章里读到过这种监狱——深不见底，顶上会开一

个洞，用来往下扔犯人。被扔下来的犯人一般都逃不出去了，不过别担心，有我的魔法在呢！我马上就用魔法把我们传送出去！"

紫悦说完，快速启用魔法，"砰"的一声，她们被传送回了地面。正当紫悦为此沾沾自喜的时候，就听见附近传来一声低吼："嗷呜——"

一回头，只见一头长着蓝色毛发的野兽正站在不远处，虎视眈眈地盯着她们看呢。

"啊，这是卡布拉吸血兽！"紫悦看上去毫无惧意。

"可是，他看起来……好像是饿了。"柔柔怯生生地说。

"没事的，我记得他只吃山羊！"紫悦自信满满。

柔柔一抬眼，看见紫悦的头上顶着两根树枝，肯定是刚才掉进大坑时弄上的，这让她看起来活像一头——山羊！

而柔柔的头顶上，也插着两根像山羊角一样的树枝！

卡布拉吸血兽大吼一声，向小马们冲过来。

"他把我们当成山羊了！"

"我们不是山羊啊！"

"别说了，快跑……"

两只小马一边跑，一边发出悲惨的叫声。

在水晶球里看着这一切的虫茧女王笑得眼泪都掉下来了。"哈哈哈！太好玩了！"她幸灾乐祸地说，"还有比这更好笑的吗？"

"有，有！"她的手下谄媚地说道，"珍奇和苹果嘉儿的经历，比这还要好笑呢！"

虫茧女王一听，连忙从水晶球里看起了"重播"，珍奇和苹果嘉儿，到底经历了什么呢？

她们沿着一条长满野花的小路走着，珍奇被这些奇特的大花吸引了目光

——颜色艳丽，花朵巨大，简直可以采下来做裙子嘛！

她忍不住凑上去深吸一口，闻了闻它们的香味："这些花正好能做我花园舞会套装上的装饰品，我得带几朵回去！"说完，她还真的采起花来。但这些花比她的脸还大呢，她不得不口脚并用，使出吃奶的力气，好不容易才摘下一朵来。

"你带着这些东西怎么和幻形族战斗啊？"苹果嘉儿实在是无法理解珍奇的行为，"我们可不是出来散步的。"

珍奇才不管那么多呢，她带着她的花，心情可好了。遇到更漂亮的一朵，她又想上前摘了："美丽的东西可不能错过，说不定它们能派上用场呢！"

"我们还是快点离开这里吧！"苹果嘉儿拉着珍奇的尾巴说，"我总觉得有点不对劲。"

珍奇好像没听见似的，只顾着咬住花茎，用力地又啃又拔。这朵花长得实在太结实了，珍奇费了九牛二虎之力，也没摘下来。

"嘶嘶……嘶嘶……"花丛中突然传来这样的声音，随之而来的，是一根细细长长的东西，一扭一扭地就朝这边过来了。

苹果嘉儿吓得眼睛都直了，她赶快跳到一边："珍奇，快回来，我觉得这里好像有蛇！"

"呀！"一听到"蛇"字，珍奇吓得一下就跳进苹果嘉儿的怀里，"我讨厌蛇！"

"嗖！"那根细细长长的东西从花丛里直射出来，攻向苹果嘉儿和珍奇！可那哪里是什么蛇呀，那分明是花的藤蔓——两朵大花从土里跑了出来，正挥舞着藤蔓，张牙舞爪地向她们展开攻击呢！

"都怪你！叫你别去瞎折腾那些花了！"苹果嘉儿撒开蹄子一阵狂奔，嘴里责怪着珍奇。

"怪我吗？我又不知道这花还会攻击我们！"珍奇也吓得不轻，她还是头一次见到比蛇还凶的花呢！

此刻，那些花的花瓣犹如一张张巨型大嘴，恐怖地张着，它们的根茎变成了奔跑的长腿，在苹果嘉儿和珍奇身后穷追不舍。

"太好了，有条河！"苹果嘉儿什么也不想了，直接纵身一跃，跳进了河里，"快跳啊！珍奇！"

"可是，我的发型……"珍奇还在犹豫——一进水里，她完美的鬈发可就全完啦！

"小命都快没了，还考虑什么发型呀！快跳！"苹果嘉儿眼瞧着"食马花"的藤蔓离珍奇只有一米远了，急得大叫。

珍奇"视死如归"地跳进河水里，与苹果嘉儿一起扒上了一根圆木头，随水飞快地漂流而下。

"呼……呼……"珍奇撩了一把紧贴在脸上的湿淋淋

的鬃毛，看了看身后——食马花们生气地挥舞着触手，好像对水很是忌惮。

"哈哈，没辙了吧？大笨花！"苹果嘉儿冲着河岸上的花朵们挑衅地喊道。

这一喊可糟了，花朵们挥挥叶片，居然飞了起来！只用了一秒，它们就落到了圆木的另一头！

"都怪你！好端端地嚷嚷什么！"这回轮到珍奇冲着苹果嘉儿怒吼了。

苹果嘉儿飞快地做出反应——她拉着珍奇，跳上圆木，发动四蹄，飞速地转着木头："来呀！怕你们不成？看我的乾坤大挪移！"

食马花们跟不上苹果嘉儿的转速，细细的根茎哪有马蹄灵活呢？它们在圆木上摇摇晃晃，差点掉下水去。

别说食马花了，连珍奇都要很努力

地保持平衡，才不会被甩下圆木，可是这时——

"嗯……苹果嘉儿，我们有新麻烦啦……"珍奇目瞪口呆地看着前方说。

"还管什么新麻烦呢，先把眼前的麻烦解决掉再说啦！"苹果嘉儿正忙着呢。

"可是……前方有……有瀑布啊！我们十秒过后就要掉下去啦……啊啊啊啊啊啊！"

　　珍奇的话还没说完，圆木就随河水掉下了瀑布。苹果嘉儿发出杀猪一般的尖叫，一把抱住珍奇的腿，珍奇眼疾手快，用力抓住了一旁的食马花。

　　"赶快抓住这些花！它们会飞！"珍奇用力地把苹果嘉儿向另一朵食马花甩过去。

　　啊哈！这下得救啦！苹果嘉儿和珍奇各自抓着一朵会飞的食马花，升上了半空，这下总算幸免于难啦！珍奇得意地坐在食马花的背上，理了理鬃毛说："你看，我早就说过这些花能派上用场啦。"

　　"是是是！"苹果嘉儿一脸疲惫，"可是现在我们上也不是，下也不是，只能听天由命了……我还是感觉有点怪怪的。"

　　"别那么悲观嘛，苹果嘉儿，看，至少空中的景色很美啊！"珍奇俯瞰着森林的风景，确实很美。

"哈哈哈哈哈哈……"看完这一切的虫茧女王笑得直打滚。在她身后，被关着的可爱军团也跟着看完了，她们不满地抱怨道："她们怎么老是遇到怪物呀！就不能遇见什么可爱的小动物吗？"

"既然你们这么想看可爱的小动物，"虫茧女王的手下得意地坏笑着，"那就给你们看看碧琪和云宝吧！"

⑧ 重新聚齐的伙伴们

水晶球里的碧琪看上去可开心了，因为她的身边围了一大群彩色的兔子。她忍不住去捏他们柔软的小脸蛋，嘴里奶声奶气地念着："兔兔！小兔兔！"

"碧琪，我们赶快走吧，"云宝也被这些可爱的小东西围了起来，小兔子们一下子闻闻她的翅膀，一下又钻到她的蹄子下面，她都没法好好走路啦，"我们可没时间跟小兔子玩，快走快走。"

"哎呀，小兔兔这么可爱，你怎么舍得离开？再让我玩一分钟、十分钟、三十分钟！"碧琪一脸幸福地坐在兔子堆里。

可就在这时，一只小兔子抱起碧琪的后腿，张开了嘴——天哪，那嘴里长着两颗尖刀一般的大门牙！他一口咬下去，碧琪痛得叫了起来："啊！坏兔兔！不许咬我！哎呀，我都出血啦！"

似乎是闻到了血腥味，毛茸茸的兔子们都露出了獠牙和利爪，瞪着通红的眼睛，顿时显得格外残暴。

"他们可不是一般的兔子！"看到那尖锐的獠牙，云宝终于明白了，"这是长着天使脸孔的怪物啊！快跑，碧琪！"

"可是他们看起来很可爱啊！"碧琪不以为然，"他们是不是以为我很好吃才咬我的呀？我不走，不走嘛！"

再不走就要变成兔子的盘中餐啦！云宝懒得和她废话，一口叼起碧琪飞上了天空。

那些粉的、黄的、蓝的怪物兔子们怎么肯放过送上门的大餐！他们跟在后面穷追不舍。

恰巧，珍奇和苹果嘉儿也向这里飞过来了，碧琪看见，兴奋地大喊："云宝你看，珍奇和苹果嘉儿也会飞！"

云宝可没空理这些："别和我说话！我正忙着逃命！"

又过了两秒，碧琪更开心地说："好棒呀！珍奇和苹果嘉儿要撞上我们啦！三、二、一！"

"砰！""嚓！""叽里咕噜……"

珍奇和苹果嘉儿一头撞上了云宝和碧琪。大家纷纷从空中落下来，然后滚成了一团。

食马花一口咬上碧琪的头，苹果嘉儿赶快把它从碧琪的头上拔下来——"啵！"的一声，碧琪的头上留下了食马花的口水。

"怪物兔子又来啦！"云宝在一旁大叫起来。

苹果嘉儿将食马花砸向兔子们——很好！一下子就干掉了三只！

如果你现在在这片森林里，就会看到史上最奇怪的景象——四只小马居然被一群兔子逼得大逃亡。

跑啊跑啊，一直跑到森林的边缘，她们遇上了另外两只小马——正被卡布拉吸血兽穷追不舍的紫悦和柔柔！

大家来不及刹车，"哐"的一声，六只小马撞在一起，滚成了一个大球，向前滚啊滚啊……

"看，是悬崖！"碧琪指着前方的悬崖，兴致高昂。

"我们都要摔下悬崖了，你还高兴个什么劲啊？啊啊啊啊啊啊……"

"小马球"顺着悬崖滚了下去，然后

重重地摔在了草地上。

苹果嘉儿跌了一个狗啃泥，土的味道实在是不敢恭维。珍奇摸着自己的马鬃心疼地说："我的发型全毁了……"

只有碧琪跳得老高："好玩好玩，像蹦蹦床！再玩一次好不好？"

"不好！"大家异口同声地说。

各自经过一番劫难，六只小马重新聚在了一起，仿佛有一根看不见的命运之绳，把她们系在了一起。

"各位……我应该向你们道歉，"紫悦低下头，诚恳地说，"我不应该发那么大的火，也不应该把你们丢在森林里，更不该霸占地图，害你们迷路——我错了。"

苹果嘉儿从地上爬起来，拍拍她的肩膀说："我们都有错，我也说了些很过分的话，对不起啊！"

"我也是，"珍奇友好地蹭了蹭紫悦的头，"我们应该互相理解，毕竟我们都是好朋友嘛！"

"对不起……我有时会很冲动……"连柔柔都道歉了。

看到这一幕，云宝再倔强，也不得不说："嗯……我好像也有错啦……好吧，对不起！"

"我也是！对不起！"碧琪欢快地说，"吃一口我的'道歉蛋糕'吧！"她猛地掏出一块大蛋糕，上面潦草地写着"对不起！"。

好吧好吧，折腾了一天，大家也都累了。大家分吃着碧琪的"道歉蛋糕"，坐在地上休息起来。蛋糕很甜，小马们刚才耗费掉的体力得到了补充，心情也舒畅多了。六个好朋友坐在一起有说有笑，就像从来没有吵过架一样。

虫茧女王归来
幻形城堡大决战

1 阴森的大门

幻形国就在眼前！

经过一路漫长的跋涉，大家终于来到了幻形国城堡前。这里寸草不生，只有各种古怪的声音，在瘆人的凄惨月色下断断续续地响着。这里到处散发着幽冷的腐朽味道，房屋的外墙早就被阴森的绿色苔藓包裹，天空中，一队队黑色的蝙蝠扑闪着翅膀掠过。

城堡大门就在前方，上面刻着可怕的小马骷髅头，头顶上一只利角直指漆黑的夜空。

“我们得抓紧了，彗星一会儿就要来了。”紫悦说。

“彗星飞过的时候，你的法术会增强吗？”苹果嘉儿问道。

"没错，"紫悦带队走向城堡，"彗星飞过马头星云是百年，不，千年一遇的天文奇观，到时候，整个小马利亚都能感受到法术带来的冲击。"

苹果嘉儿可不希望虫茧女王的法术也因此而增强："那我们最好快点，我妹妹危在旦夕。"

"我有个超级好的计划！"莽撞的云宝拍着胸脯说，"我们直接冲进去，把可爱军团救出来，然后就回家！"

"哇，听起来超级简单！"只有碧琪捧云宝的场，其他小马可不敢这么掉以轻心。

"我说云宝，事情不会这么简单的，幻形族是非常危险的魔法生物，而且他们早就知道我们要来，没准里面陷阱重重，我们必须做好周全的准备，全力应对各种突发状况。"紫悦说。

"是是是，听你的听你的！"云宝只好

乖乖地跟着她。

柔柔充满信心地说："紫悦，我不怕，有了你的魔法，我们肯定不会有危险的！"

关于这个，紫悦可不敢打包票："我不确定我的魔法能不能……"

但是伙伴们不给她谦虚的机会，云宝对她来了一个熊抱："当然没问题啦！紫悦轻轻松松地解决掉幻形族后，我们就能快快乐乐地回家去了！"

"行了紫悦，你肯定没问题的，"珍奇也说，"我们不要再纠结这个问题了，快去救可爱军团吧！我真的很担心甜心宝宝，天啊，她还那么小……"

就这样，救可爱军团心切的小马们踏入了幻形国的国土。可是，真奇怪，她们目光所及之处，都是一片焦土，偌大的王国竟然空无一马，这让大家觉得十分蹊跷。

"虫茧女王的军队去哪里了？"苹果嘉儿挠挠头。

　　她们把幻形国的街道几乎都走了一遍，真的一只马的影子也没见到。

　　"快看，他们肯定都躲在这扇大门的后面！"碧琪指着城堡的大门喊道，"可能有成百上千个，我们一进门，他们就会偷袭我们！"

　　"你别说得那么恐怖好吗？搞得我都不敢开门了……"珍奇撇着嘴说。

　　可就在此时，城堡的大门"吱呀"一声，自己开了一条缝，像是在暗示小马们赶快进去。

　　小马们先后走进城堡之后，大门突然"哐"的一声在她们身后自动关上了！

　　等眼睛适应了面前的黑暗，大家才看见：城堡中布满了无穷无尽、错综复杂、迷宫一般的楼梯，这些楼梯互相交错，通向无数扇门——究竟哪扇门才是正确的出口呢？

就在大家一筹莫展的时候，一个阴森森的声音突然响起来了："上吧，可爱的小马们！去打开这些门！猜猜我在哪一扇门背后呢？如果你们开错了……哦哈哈哈，我保证门后面会有惊喜哦！哈哈哈哈！"

这笑声在空荡荡的"楼梯迷宫"中回荡，听得大家毛骨悚然。

"能不能多给一些提示啊？"小马们非常为难，这么多门，难道要她们一扇一扇地开吗？

紫悦很快定下了策略："我们分头开门吧，如果发现了正确的门，就叫上其他小马。我们动作要快，不能再浪费时间了！"

小马们默契地散开，各自冲向不同的门。

"门后有惊喜！惊喜，我最喜欢惊喜了！"碧琪轻快地跑到一扇门前，充满期待地打开，没想到迎接她的是——一只怒目圆睁的巨大眼睛！

这只眼睛竟然比碧琪还要大，那眼睛的主人得有多大啊！

碧琪吓得汗毛直竖，瞬间关上了门："什么惊喜，分明是惊悚！虫茧女王大骗子！"

没错，门后是虫茧女王用魔法为小马们精心准备的恐怖画面！大家撞开一扇又一扇门，里面的场景千奇百怪——有像从电视机里爬出来的幽灵般的小马；有吓人的杀马狂魔；有恐怖的小丑；有长着尖牙的午夜吸血鬼……

只可惜，这些画面大家在电影里早就看过啦！一点儿也不吓人！

"虫茧女王的恐怖品位有待提升啊！"苹果嘉儿叉着腰说。她已经开了七八道门了，可是一次都没被吓到。

"我看是她的脑回路有问题吧！"云宝

耸耸肩，"要不是知道她是个大坏蛋，我可能会觉得她还挺可爱的。"

"嘘——你们看这扇门！"紫悦突然叫起来。

她刚刚打开的这扇门和其他的都不一样——门后面是一片黑暗。

刚才的声音又响起来了："恭喜你！小紫悦，你找对啦！现在你要回答我的问题，答对了我就让你们进来。问题是——为什么说天角兽和书桌很像？"

"为什么说天角兽和书桌很像？为什么呢？"大家积极地思考起来。

"都很棒？""都很实用？""都是四条腿？"……

小马们七嘴八舌地猜着，可是谁也没有猜中。

"让我回答！"碧琪把蹄子举得高高的，都快碰到天花板啦，"让我回答！"

"你能回答这道题吗？"阴森的声音从黑暗中传过来。

"当然啦!"碧琪回答道,"我的回答就是——我不知道答案!"

"回答正确。"那个声音说。

"这算什么答案啊!"紫悦无法理解。看来云宝说得没错,虫茧女王和碧琪一样,都拥有古怪的脑回路。

⭐2 城堡决战

"太好了,我姐姐来了!她要来救我了!"甜心宝宝在水晶球里看见了珍奇,高兴地喊。

"我姐姐也来了!"苹果丽丽也看到了苹果嘉儿,"哼,大坏蛋,我告诉你,她们一定要把你暴打一顿,痛扁一顿,把你的脸都打肿！"

"紫悦她们一定会用友谊的力量打败你的！"醒目露露对虫茧女王说。

虫茧女王对这三只小马的忍耐已经到了尽头："再多说一句，我就把你们的脸打肿！现在我已经不需要你们了。卫兵，把她们三个给我扔到地牢里去！"

"你敢！"一个勇敢的声音响起来。

啊，是紫悦她们！她们找到了虫茧女王的藏身之处！

"快放她们出来！你这个臭虫子！"苹果嘉儿怒吼一声，冲在了最前面。

"甜心宝宝，我们来救你了！"珍奇对着妹妹喊。

"虫茧女王，我们按照约定来了，"紫悦站出来，"你该把她们放了！有什么冲我们来好了！"

"哎呀，紫悦，你可算来啦……"看见紫悦，虫茧女王兴奋中带着邪恶，立刻召唤出她的幻形军团。

苹果嘉儿早就准备好大干一架了："放马过来吧！"

"给她们点颜色瞧瞧！"虫茧女王命令手下，"把紫悦留给我，其他的小马——全部给我抓起来！"

"嗷——"幻形族亮出尖牙和利爪，一拥而上！

面对幻形军团，小马们毫无惧色，勇敢地与他们展开了搏斗。紫悦冲破重重阻碍，向虫茧女王杀去，她灵活地上蹿下跳，躲开虫茧女王的魔法光束攻击："爱的力量在我们这一方！你的邪恶魔法是不可能获胜的！"

"哦，是吗？"虫茧女王不屑地说，"爱？爱是脆弱的，它会变质，会腐烂，最后只留下脓水包围着肮脏的心，就像烂掉的水果，恶心极啦！"

"才不是呢！你根本不懂爱，你……啊！"紫悦一分神，虫茧女王的魔法擦着她的脸射了过去，幸好，只是擦破了一点皮。

"你看，爱保护不了你！"虫茧女王的

脸越来越恐怖，"爱救不了你们！你们都得死！"她的魔力愈发强大，整个房间都被她的邪恶能量笼罩，幽幽的绿光浸透了整个空间，"彗星即将降临，我现在能感觉到，我的身上充满了魔法能量……"

一阵邪风刮过，伴随着虫茧女王的嘶吼，她释放出大量邪恶魔法，紫悦根本无力还击，只能看着自己的伙伴们一个个被魔法包进了虫茧里。

"我绝不允许你伤害我的朋友！"紫悦勇敢地说，角上的魔法闪闪发光，"不是只有你会魔法！来吧！"

"轰！"紫悦的魔法击中了虫茧女王身后的墙壁，砖石纷纷倒塌，在墙上留下一个大窟窿。

虫茧女王被这魔法的力量惊呆了："你……你居然……真意外啊！小紫悦，看来，是我低估你了。不过，你依然不是我的对手！"

"嗖——"一股特殊的光束缠住了紫悦，她顿时手脚无力，动弹不得。

虫茧女王不慌不忙地靠过来，轻轻地在紫悦耳边说："小紫悦呀小紫悦，我本来想吸干你的魔法，让你变成一具废弃的尸体。可是现在，我改主意了。我们来做个交易吧？"

"你休想！"紫悦坚决地说。

"小紫悦，小马谷的生活真是太浪费你的魔力了。你看，你这么有潜力，你可以变得更强大，你可以成为无上的魔法化身！"虫茧女王开始用权力诱惑紫悦，"你可以成为我的徒弟，我们中的一员，在征服这片大陆的过程中，我们可以互相学习，用不了多久，整个王国都会拜倒在我们的铁蹄之下！"

可是紫悦丝毫不受诱惑："我不要！我宁愿变成一具被吸干的空壳，也不会跟你同流合污！"

"是吗？那不如我用你朋友的命跟你换吧？把你的魔力与我分享，我就保证不伤害你的朋友，怎么样啊？"虫茧女王狡猾地说。

"紫悦，别中了她的计！"苹果嘉儿生怕紫悦受骗，忍不住在虫茧里大叫起来。

"紫悦，别管我们！打倒她！"珍奇全力喊道。

"给我住嘴！"虫茧女王猛地瞪大双眼，只见包裹着大家的虫茧发出光来，所有的小马逐渐感到自己的力量被抽空，她们越来越困，越来越安静……

⭐3 紫悦的决心

可是紫悦只能眼睁睁地看着，她根本救不了朋友们！

眼瞧着大家越来越虚弱，紫悦默默地流下泪来："大家……如果我不答应她，她就会吸干你们，你们的爱，你们的感情，全都会……我不能让她这么做……你们对于我来说——太重要了！"

"紫悦，别为我们做傻事！"珍奇轻轻地说，"我们什么都不怕！"

"宇宙公主也绝不会希望你留在这里！"柔柔的声音虚弱得几乎听不到了。

虫茧女王步步逼近被困在虫茧里的小马们："你们不怕，是吗？很好，我这就来吸干你们……看看你们到底怕不怕！"

"不！"紫悦慌了，"快住手！她们是我在小马谷最重要的朋友，为了保护她们，我愿意做任何事……"

紫悦一咬牙，说："放了她们，我就留

下来!"

虫茧女王见阴谋得逞,开心地笑了:"哈哈哈哈哈哈哈,很好!"

"你们快回去吧,找到宇宙公主,再回来击败虫茧女王。"紫悦对朋友们交代道,"如果那个时候我已经丧失了意志,变成了坏蛋,就麻烦你们连我也一起击败。"

"不!你现在就可以打败她!"伙伴们不愿接受这样的结局,"我们相信你,紫悦!"

紫悦低下头,失落地说:"刚才的魔法已经是我的极限了,我不可能打败她……至少现在我还有救你们出去的机会……我必须要送你们回去!"

虫茧女王看着小马们牢不可破的友谊,假惺惺地说:"真是太感动了,我都要哭了。来来来,小紫悦,我可是说话算话的,我这就把你的好朋友们放出来。"

裹住小马们的虫茧打开了,云宝刚刚脱身,就马上飞起来，攻向虫茧女王："我们才不会抛下紫悦不管呢！大家一起上啊！"

"咚！"她重重地撞在一堵绿色的魔法墙壁上。这道墙壁隔开了紫悦和大家，五个伙伴和可爱军团只能远远地看着虫茧女王把紫悦揽到身边，得意地对她说："敢于献身拯救自己的朋友，你还真是高尚呢，不过我还是得吸干你的爱，没有了爱和感情，你将会成为我的得力助手。当你变得和我一样冷血时，你会亲自吸干你的朋友。"

"你说过不会伤害我的朋友们的！"紫悦很愤怒。她可以忍受虫茧女王伤害自己，但绝不能原谅她伤害自己的朋友们！

"我的确不会……我说话算话呀！"虫茧女王阴险地笑着，"我不是说了，我不会动她们，亲自吸干她们的——会是你！"

一道耀眼的光芒从夜晚的天空中擦

过，彗星降临了！

"看看天上，小紫悦！彗星当空的时间到了，与你过去的生活永别吧！"虫茧女王感到自己充满了力量，依靠强大的魔法，她将所向无敌！

此刻，愤怒、悲伤、不甘和冲动一齐涌上了紫悦的心头，在彗星光芒的照耀下，紫悦感到一股暖流从心中涌起，魔法的温暖充斥她的全身，最后汇聚到角上。

"不！"她大声地拒绝了虫茧女王，抬起头，直面强大的黑暗魔法，"我绝对，绝对不会败给你，虫茧女王！你以为只有你能感受到法力波动吗？我要与你一战！你永远不可能改变我！"

紫悦终于明白了，面对虫茧女王这样的邪恶力量，妥协没有任何用处，她必须站出来，勇敢地与她战斗，才能保护自己的朋友们！

"加油，紫悦！"绿色的魔法墙壁后面，朋友们也在给紫悦加油鼓劲。

"你对我们也一样重要！击败她！"

"紫悦，你的魔法是最厉害的！上吧！"

朋友们的话语，给了紫悦力量，让紫悦的魔法充满生机。友谊，就是紫悦魔法的源泉，友谊越坚固，魔法就越强大。

"你休想夺走我的朋友！"紫悦全心全意地想着自己的朋友们，魔法前所未有的闪耀，"你休想征服小马利亚！只要有我在，我就第一个拦住你！"

魔法从她的角射向虫茧女王，虫茧女王被紫悦的魔法压制住，她的黑暗魔法毫无用武之地。

"你根本不知道什么是友谊！你只懂得吸食爱，但你从来不知道爱与被爱的感觉，因为谁也不会爱你！"紫悦浑身燃烧着魔法的能量，"你自私、贪婪！可我们是为爱而战，为友

谊而战，这些才是值得拼命去守护的东西！我们拥有你不可奢望的情感！"

"你也不懂得什么叫时尚！"珍奇不屑地说。

"也不会去努力工作！"苹果嘉儿底气十足地说。

"你体会不到朋友间的竞赛！"云宝飞在半空中。

"还有派对！你这辈子都享受不到那种快乐！"碧琪嚷道。

"还有姐妹亲情！"可爱军团异口同声地喊道。

"闭……闭嘴……你们不可能打败我！我……我是无敌的！"虫茧女王感到自己的力量正在涣散。

"只有懦弱的小马才会退缩，而我不会！"紫悦用尽全身的力量，给出最后一击，"我要——战胜你！"

紫悦随着魔法飘到空中，巨大的魔法波动震碎了虫茧女王的所有魔法，也震碎了关住小马们的绿色墙壁。这魔法波动是那么的强大，整个城堡都随之抖动，小马

们的脚下就像地震一样摇晃不停。

"大家快趴下！"小马们将可爱军团护在身下，趴在地上等待震动过去。

⭐4 尾声

流星从空中消失了，魔法的波动也平静下来。

"紫悦，你还好吗？紫悦，快醒醒！"云宝拍打着因为精疲力竭而昏过去的紫悦。

"云宝，别打我的脸，好痛！"紫悦的睫毛颤动了几下，她从昏迷中醒来了。

"她没事，太好了！"小马们开心地抱在了一起，互相搀扶着，从虫茧女王的城堡中撤了出来。

天边再次闪过一道光芒，不过这次可不是彗星啦，那道光芒越来越大，一辆马车浮现出来……

是宇宙公主的皇家马车！宇宙公主来啦！

"紫悦你好，穗龙急着把我叫了过来，这里发生了什么事？"宇宙公主风尘仆仆地从马车上下来。

天哪，宇宙公主的脸上和胳膊上都挂了彩，穗龙也是！发生了什么？

"在彗星到来的时候，巨人和鸡头蛇怪组成军团，袭击了坎特洛特城。"宇宙公主察觉到了大家关心又心疼的目光，疲惫地说。

"我可立了大功！我骑着一只鸡头蛇怪，拿着一把三叉戟，降服了他……市长给我颁发了这枚勋章！"穗龙神气活现地向珍奇卖弄，"可惜你们没看到我的英姿。"

看来受到彗星影响的邪恶势力不止虫

茧女王一个，坎特洛特城也刚刚爆发了一场恶战呢！

"紫悦，和我说说你们这边的情况吧。"宇宙公主说。

"是这样的，我……"紫悦刚开口，可爱军团马上插了进来，七嘴八舌地开始说话。

"我们被虫茧女王绑架啦！"

"简直糟糕透了！"

"她一直说'我要抓住你，紫悦！还有可爱军团的三只小马！'"

三个小丫头围着宇宙公主叽叽喳喳了好几分钟……

"然后紫悦用魔法把她打回城堡里去了！"

"我们也帮了大忙！"

"还提供了精神上的支持！公主殿下，有没有'精神支持可爱标志'？长什么样？"

宇宙公主一点也没有不耐烦，她温柔地回答这三个叽叽喳喳的小鬼："听起来是个不错的故事。"

"你们能不能让公主殿下歇一会儿？她已经很累啦！"苹果嘉儿和珍奇这两个做姐姐的看不下去了，"要注意礼貌。"

小马们点起篝火，让宇宙公主在火边休息，顺便讲述这一路上的冒险。山洞巨魔、巨型狼蛛、吸血兽、食马花，还有怪物小兔子……都是精彩的好故事。

"如此听来，还真是厉害的冒险呢！你们可以稍后向我汇报，"宇宙公主优雅地说，"但是，我现在关心的是，虫茧女王现在在哪里？"

说到这个，紫悦调皮地一笑："嗯……那个地方她可能一时半会儿出不来了。"

"我可帮了大忙！"碧琪得意地抬起头，"贡献了我最精良的玩偶装！"

城堡里，虫茧女王和她的手下们被关在会提问的魔法门后面，碧琪的巨型玩偶

装堵在门口，负责不停地提问："什么东西越洗越脏？在你们想这个答案的时候，我给你们唱首歌吧，歌的名字就叫《永远唱不完的歌》。"

说完它就真的唱起了歌，唱啊唱啊，仿佛真的没有结尾。歌声不断地传进虫茧女王的耳朵里，她郁闷地趴在椅子上，恨不得把耳朵堵得严严实实："闭嘴，全都给我闭嘴！我要被烦死了，给我个痛快的吧……"

紫悦的"守护"友谊箴言

如果有下一次，我还会为了朋友，抛开自己的安危。不为别的，因为我爱她们，我不愿意她们受到伤害。而我也差点中了虫茧女王的挑拨离间之计，现在想起来，还是很惭愧。其实，好朋友之间不应该互相怀疑、猜忌。你的朋友，你应该比任何人都更了解。

没头脑的时光机

⭐1 准备出游

一大早，太阳刚刚露出红彤彤的大圆脸，柔柔家里就传来了响亮又甜美的歌声，啊，是可爱军团在唱歌：

看这里有三只小马，准备为大家表演，

听好了，因为这里有一个故事，我们要大声唱出来！

当我们还是小马驹时，我们的身侧一片空白，

觉得阳光永远不会照在我们身上，因为我们没有可爱标志。

所以我们三只小马努力奋斗，没有什么能让我们恐惧！

我们不知道接下来会发生什么，直到我们的可爱标

志出现。

我们是可爱标志军团，为了寻求真实的自我。

我们的旅途不会停止，直到我们拥有可爱标志。

啦啦啦，啦啦啦……

伴随着令人快乐无比的歌声，三个小姑娘叽叽喳喳地从屋子里鱼贯而出。瞧她们今天打扮得多漂亮啊——醒目露露套了一身鹅黄色的超短裙，要多神气就有多神气；甜心宝宝则穿了一件粉紫色的裙子，卷曲的鬃毛上别了一个紫色的发卡，远远看上去，还以为蝴蝶落在了她的头上；苹果丽丽今天看上去就像一只秋天里熟透了的红苹果，红色的鬃毛配上红色火炬一般的尾巴，实在是太帅了。三个小家伙头上都戴着一模一样的军绿色大盖帽，很有野外探险的范儿呢！

当然，小天使柔柔就更不用说了，今天她戴着一顶户外草帽，背上背着编

织包，脖子上系着蓝丝巾。连她的小兔子安吉尔都要被迷倒啦！

柔柔轻轻地拍了一下安吉尔的脑袋："好好看家，要乖乖的哦！"

然后她又赶紧招呼小姑娘们集合："大家抓紧时间，我要点名分配任务了，叫到的小朋友请出列！"

"苹果丽丽，请你检查一下大家带的食物和水。"

"是！"苹果丽丽响亮地回答道。

"醒目露露，你负责检查望远镜。"

"遵命！"醒目露露调皮地行了一个军礼。

"甜心宝宝，地图准备好了吗?"

"放心吧，柔柔大队长！"

"那么，我们就可以出发啦！我们是?"柔柔故意歪着头问大家。

"可爱军团！"姑娘们清脆的声音像被啊呜咬了一口

的苹果，芬芳四溢。

"大家知道我们今天的目的是什么吗?"

"当然知道啦! 追踪危险动物!"

"哎呀，姑娘们，我们可不是去追踪什么危险动物。大家要明白，既然是危险动物，就说明他们有可能会伤害到我们。所以，最聪明的做法就是和他们保持距离，不要去打扰他们。我们今天的主要任务是去认识大自然、了解大自然。至于你们说到的危险动物嘛，我们就远远地观察他们吧! 看看你们谁最细心，能够发现他们的爱好和秘密。其实，在我们的生活中，每天都有秘密发生。比如，苹果树悄悄地发芽、开花、结果都是了不起的秘密呢! 大自然真是太神奇了，蝌蚪小时候的样子和长大时发生的变化是多么的不可思议啊! 而我们，就要去探索这些神奇。因为，谁都不知道下一秒会有什么好玩的

事情发生，会有什么东西从天而降……"柔柔正动情地说着，就听"砰砰砰"几声，几道亮光一划而过，真的有一块大石头从天而降，刚好砸在柔柔的家门口。空气里顿时弥漫着一股焦味儿。

"天哪天哪，这是什么？"苹果丽丽叫起来。

"流星，是流星！哎呀，我好像忘记许愿了。"醒目露露急坏了——听说对着流星许的愿真的能够实现！呃，只不过这颗流星似乎太大了点儿。

"这么大的流星，我看它该改名叫陨石了。"甜心宝宝仰望着天空呆呆地说，"哎，你们使劲抽抽鼻子，闻闻它的味道像什么？是不是有臭鸡蛋味、马尿味还有杏仁酒味呀？"

"呃——你说得好恶心啊！"醒目露露嫌弃地说。

这时，柔柔突然感到有点不对劲，空气里似乎弥漫着山雨欲来的气息。这颗"天外来客"诡异地躺在那儿，越看越不妙。该不会……里面会不会突然钻出什么危险动物呢？还是赶紧离开这里为妙！

"哎，大家往后站，"柔柔伸出一只前蹄，把三个小朋友往身后揽了揽，"我们还是站远点吧，我，我觉得这颗"陨石"有点危险……"

就在这时，"陨石"中真的传来了奇怪的声响："咔咔咔、咔咔咔……"

"你们快点躲到我身后，危险，快！"柔柔的脸顿时变得煞白。

⭐ 从天而降的无序

"啊——"一个巨大的身影从碎成两

半的"陨石"中站了起来，伸了个大大的懒腰。

这张脸好眼熟啊，看那四不像的样子——不正是无序嘛！

大家目瞪口呆地看着从天而降的庞然大物——无序。怎么会是他？难道这家伙是坐着扫把星来的吗？

"原来你们也在这里呀，人生真是充满巧合啊！"无序拍了拍身上的灰尘，有点不自然地扭扭脖子说，"我又不是外星人，你们干吗这么吃惊？哎哟哟，我的脖子真的快要断了，刚刚那阵风速度实在是太快了！这年头，想舒舒服服地旅行还真是不容易，这个硬着陆真是要把老夫的脊椎骨都撞断了……咳咳咳，看来以后得准备一个橡胶做的小行星，软软的那种，就像面包圈。这样坐上去，太空旅行就不是问题了，来柔柔这里上友谊课也更方便啦！哎哟，小家伙们，你们怎么也在这里？"

面对三个可爱军团的小姑娘，无序望望这个，瞅瞅那个，好像突然发现新大陆似的，大呼小叫起来："你们不会是知道我要来上友谊课，特意在这里迎接我吧？天哪！真是太感动了！这一月一度的友谊课可真是太有价值了！柔柔，亲爱的柔柔，你快看，我感动得眼泪都要流出来喽！"无序说完，故意夸张地把柔柔抱进怀里，在她的鬃毛上擦起了眼泪。

可爱军团面面相觑，真是没见过这么自作多情的家伙，想象力还挺丰富的嘛。

无序发现没人接他的茬，多少有点尴尬，他只好打了个响指说："我刚刚在来的路上就一直想啊想，想了好几个游戏，怎么样，咱们现在就开始玩吧？首先玩真心话大冒险怎么样？要不，咱们玩互涂指甲油的游戏？赤橙黄绿青蓝紫，多刺激啊！"

看大家依然没什么反应，无序一拍脑袋："咱们玩推翻宇宙公主的游戏吧，

这次，假装我把她打败了！哈哈，怎么样？"

"无序，你怎么老想着打败宇宙公主呀……"柔柔实在听不下去了。

"哦，我说要打败她了吗？我刚才是说我们要和宇宙公主一块儿捉迷藏、一块儿玩闹，一块儿做游戏啊！嘿嘿嘿……"无序立马改口，打起了哈哈。

"无序，你是不是记错了？我们的友谊课是在下一周。今天我的任务是陪可爱军团，带她们去认识自然，认识野生动物。"柔柔抱歉地看着他。

"啊？下周？"无序一下慌了神，他跺跺脚然后又挠挠头，"不可能！我怎么会记错时间呢？是不是刚刚我飞得太快，时间也跟着变快了？哎呀……我来都来了，咱们就别管了嘛，择日不如撞日，要不咱们一块儿玩桌游好啦！你看，我带了好多桌游牌来呢！有《恶魔与地下城》《精灵陷阱》《谁是卧底》，还有《友谊大聚会》……"

无序旁若无人地说着，可爱军团真后悔没带把伞，挡住他四溅的口水。

柔柔看着他，心想：他叫无序还真是没错啊，怎么就听不懂别人的话呢？

这时候，甜心宝宝拉过柔柔，小声对柔柔说："要不，咱们就带着无序一起去吧！有他在，也不是什么坏事。至少，他还是可以活跃气氛的。"

柔柔还是不太放心——今天可是小姑娘们的课外活动，带上无序真的合适吗？他可是一刻都不肯安歇的，会不会惹上什么麻烦呢？

无序看柔柔迟迟不表态，生怕柔柔赶他回家。"柔柔，最好心的柔柔，我不会妨碍你们考察的，把我带上吧，求求你啦……哎哟，我发现你们都穿着野外考察的统一

制服呢，就我没有……没关系！我会变身啊！变！"他调皮地摆出了美少女变身的姿势，给自己也变了一套军绿色的探险服，"怎么样？来来来，老夫聊发少年狂，牵着小马走四方！咱们出发！"

看着一向狂妄自大的无序此刻这么可爱顽皮，大家忍不住开心地笑起来。

"好吧，好吧，我同意你加入可爱军团，成为她们中的一员。"柔柔终于发话了，"不过，你要保证，严格遵守纪律，绝不捣乱。你的任务是保护可爱军团的安全。你能做到吗？"

无序"啪"的一下站在柔柔面前："我保证完成任务，敬礼！"

"好吧，那就——出发！"柔柔指向前方。

"出发！"无序怪模怪样地学着柔柔。

⭐ 3 无序出招

春天的树林，景色格外的好——橡树、苹果树、柠檬树都开花了，成群的蜜蜂飞来飞去，松鼠在树枝上跳跃，云雀、布谷的歌声响彻山林，令人沉醉。

"阿嚏！"无序突然打了个喷嚏。他嘟嘟囔囔地说："哎哟，我对这些香喷喷的花儿可是过敏的。我老啦！可不像你们，老人家对这些花花草草真是不感兴趣……早知道走了这么远的路，就为了看这些，我就不跟着来了！老夫最受不了一板一眼的旅行了……"

妈呀，这才走了多久，他就开始发

牢骚啦！

"无序，别抱怨了，你才走了几步路呀？你不觉得每一棵树、每一只奔跑着的小动物都是那么可爱吗？你应该对着春天说谢谢才是，感谢春天让世界变得这么美丽！"柔柔细声细语地说着。

"知道啦，人家知道啦，反正错的总是我！我是牢骚鬼，好了吧？"无序干脆飞上了半空——他可懒得用脚走路啦。

"姑娘们，跟上！"柔柔走在队伍的最前面，头也不回地叮嘱着大家，"前面就是几内亚野猪的家园了，大家不要吓着他们！动物们不习惯听到很吵的声音，他们喜欢安静的生活。"

再走两步，柔柔又对着前面的树上打起招呼来："快看，一群金丝雀！他们是不是很美呢？金丝雀羽毛的颜色是我见过最漂亮的颜色！你们觉得呢？"说完她转过身来——哎呀，三个小朋友怎么不见啦？

不远处传来苹果丽丽的声音："哇，我看见活的短吻鳄了！"

柔柔扭头一看，瞬间吓出一身冷汗——只见醒目露露已经骑到了一只短吻鳄的背上，而甜心宝宝正使出吃奶的力气，在掰鳄鱼的大嘴巴呢！

无序在一旁大喊着："加油，加油！"甜心宝宝把头塞进鳄鱼的大嘴巴里，大惊小怪地嚷嚷着："原来短吻鳄有牙齿哎！哈哈，他的牙好尖，让我来摸一摸……"

"快下来，醒目露露！危险！"柔柔惊悚地蹿过去，一把将三个小姑娘抱得远远的。鳄鱼的嘴哪里是能随便动的？万一把他惹火了，

这三个小家伙还不够他塞牙缝的呢!

无序倒是像看好戏似的,在空中飘来飘去,一会儿跷起二郎腿,一会儿又翻个跟头。他撇了撇嘴说:"鳄鱼有什么好玩的?不如让老夫带你们去见几个了不得的动物吧!"

柔柔看着无序,心里有些犹豫。这家伙做事总是没个分寸,跟着他不会有危险吧?

看见柔柔怀疑的表情,无序拍拍胸脯说:"我从不吹牛!老夫毕竟在这里混了这么多年了,我见过的已经灭绝的动物,比你们见过的所有的动物还多呢!什么羊角兽、大恐龙、花仙子,还有美人鱼、巨蟒……老夫可是活了千百年的老怪物啦,什么没经历过?你们商量一下,如果意见统一,我可以考虑带你们做一次神秘的时间旅行,穿越到任何你们想去的时代!咱们去恐龙时代怎么样?那个时候的动物可多啦,保证你们都没见过!

如何？动不动心？"

可爱军团的几个小姑娘听到这里，早已兴奋得手舞足蹈。她们拉着柔柔的手央求道："可以吗？柔柔姐姐，求求你啦！"

三双亮晶晶的大眼睛忽闪忽闪地盯着柔柔，释放着"可怜光波"，柔柔的心里顿时一百分、一千分、一万分、一亿分地纠结起来……

这时，无序突然拍了拍脑袋说："对了！我想起来了，穿越到恐龙时代，说不定会遇到龙蝶呢！"

"龙蝶？是什么？"柔柔的眼睛突然一亮。

无序见爱好动物的柔柔上钩了，故意用充满诱惑的语气描述起来："龙蝶啊，可神奇啦，他们跟恐龙差不多大，大概是我见过的最漂亮的动物了……而且最棒的是——他们完全无害哦！"

完全无害的、巨大的、漂亮的龙蝶！

柔柔的心中顿时充满了向往！

"去去去！我们一起去吧！"她赶快点头同意。

"好极了！既然大家都同意了……那么，现在该让你们见识一下我的时光机了！"无序潇洒地打了一个响指，"啪"的一声，一个庞然大物出现在大家面前。

"哇，这么大的时光机啊！"苹果丽丽张大了嘴巴。

"它长得真像一块巨型巧克力！"醒目露露摸着时光机。哎呀，还真是，这个时光机方方正正的，颜色和好吃的巧克力一样，散发着深棕色的光芒。正面开了一扇门，门的上方悬着一个大大的时钟，发出神秘又奇怪的响声："嘀嘀咔……嗒嗒嘀……"

柔柔和可爱军团忐忑不安地走进时光机，看看这里，摸摸那里——这么多的显示屏和操纵杆，还真是先进呀！大家七嘴八舌地问起来："时光机安全吗？我们能顺利回来吧？"

"还有，万一……万一时光机的燃料用完了，我们是不是就只能在太空中飘荡，然后一起消失在时间的黑洞里？"

"无序，我们回到过去，是否会改变过去所发生的事呢？"柔柔问了一个最关

键的问题，"万一我们做了什么不好的改变，现在的我们

会消失吗？"

"哈哈！姑娘们，你们别想太多啦！我做过实验的，

尝试改变过去只会引起整个事情发展过程中的小改变，

最终的结果仍是一样的！凡是发生过的，即是不可改变

的历史。你们明白了吗？"

聪明的甜心宝宝把这番话消化了一下："你的意思

是，无论我们这次回到过去做了什么，已经发生的事情

还是会发生，现在的现实都不会改变，我们只是过去时

间的旁观者，是这样吗？"

"没错没错！就是这个意思！"无序点点头，也挤进

了这台时光机。他这个庞然大物进来的一瞬间，空间就

变得无比拥挤了。醒目露露的脸紧紧地贴着墙，话都说

不出来啦。

"无序，你懂的好多啊！从今天起，我就是你的粉丝

了！"甜心宝宝爬到了无序的肩膀上，那里的空间相对宽敞一点。

听见这话，无序心里真是乐开了花。被朋友需要和认可，真是一件相当开心的事情，可是他又不太好意思表露出来，于是就故意板起脸，装出一副严肃的表情说："请大家系上安全带，倒计时开始——三，二，一，发射！"

"砰砰砰！"

④ 穿越时光

"哇，我们这是到哪儿了？"

大家小心翼翼地从时光机里走出来。

苹果丽丽看了甜心宝宝一眼："不是'到哪儿了'，是'回到哪一年哪一天'了！"

无序率先从时光机里挤出来，兴高采烈地向大家展示外面的世界——热腾腾的大气充斥了整个空间，昏黄的太阳懒洋洋地照在沙漠中——这个世界是一片金黄。远处，几座三角形的塔神秘地伫立着。

"嗨，姑娘们，这里就是传说中失落的文明——豺狼古国！你们听说过吗？没听说过更好，哈哈！哎呀，在这里我玩得可开心啦！如果运气不错，你们很快就能见到豺狼族喽！"无序说完，诡异地一笑。

"你在这儿玩得很开心？"柔柔看着神神秘秘的无序，疑惑地问，"你说的'玩'一般来说就是指在这里大闹一番吧？"

对于无序这个捣蛋专家来说，"玩"和"捣蛋"基本上可以画等号啦！

就在这时，几个身披盔甲的狼头卫兵仿佛从天而降一般，突然就出现在了大家面前，"哗啦啦"地站成一排，用手中的长矛挡住了柔柔她们的去路。他们的模样非常奇怪，上身粗壮无比，下肢又短又细，浑身漆黑，仿佛是从古壁画里走出来的。

"无序，按照豺狼王陛下的命令，你和你的同伴们已经被捕了！"他们齐刷刷地说。

"哎呀，为什么要逮捕我？"无序龇着牙齿笑起来，"哦，我想起来！我当时是在这里闯了一点小祸……嘿嘿嘿……"

你看吧！柔柔猜得没错，这家伙当初肯定大闹豺狼国，所以豺狼国的国王要逮捕他啦！

结果，几个小伙伴都被这些凶神恶煞的豺狼卫兵押走了……

"都怪你啦！无序！"可爱军团气鼓

鼓地抱怨道。

"现在不是生气的时候，"柔柔理智地说，"无序，你有没有逃跑计划呀？"

"哦，柔柔，你还是不够了解我！我是谁？我可是大名鼎鼎的混沌之王！王怎么可能做计划呢？王可是随心所欲的！"无序干咳了几声。

那就是毫无计划喽！完啦完啦，明明是想来一场精彩的时间旅行，怎么把大家都变成阶下囚啦？柔柔在心里后悔了一百遍——就不该听无序的嘛！这家伙果然不靠谱。

刚走进那些三角形的塔里，可爱军团的眼睛就开始发亮了——塔里面简直就是一座金碧辉煌的宫殿！只见四周的墙壁上画满了精美的壁画，有造型生动的文字、古老的风车、农具，还有长颈驼、巨型雷龙等等。

"哇，太漂亮了！太酷啦！"听到姑娘们发出的尖叫，浑身发抖的柔柔忍不住也抬起了头，细细地观看这些堪称艺术品的壁画。

"别担心了，柔柔姐姐，无序不是都说了吗，现在是过去，过去不管发生什么，都不会对现实中的我们产生影响，我们不用担心受伤。"醒目露露一边走，一边安慰着惊魂未定的柔柔。

一旁的无序听见了，扭头对她们说："啊哦，不是哦！你已经回到了过去，当下对于你来说就是'现在'啦，虽然未来不会改变，但或许中间的过程会有所波动，你虽然不会死，但是会不会缺个胳膊啊，断条腿啊，那可就说不准了。"

听到这里，醒目露露顿时傻眼了："缺胳膊断腿？千万不要啊！"

这时，走在一旁的甜心宝宝突然在一幅壁画前站住了，眼睛直勾勾地盯着

墙上的那幅画。这是一幅看上去似乎有些熟悉的画面，壁画的中心，有一轮弯弯的月亮，周围被好几团云雾笼罩着，散发出一种十分诡异的气氛。像是突然想起了什么，她结结巴巴地说："那个，那个是……梦魇之月？"

话音刚落，甜心宝宝直觉背后一股凉气袭来，一把雪亮的刺刀已悄悄地从她身后伸了过来，还差半个头的距离就要碰到她了！

柔柔赶紧三步并作两步跑了过来，大声喊道："危险，甜心宝宝，快过来！"

甜心宝宝被柔柔一把拉了过去，算是逃过了一劫。

"小姑娘，照直走，不许停留！"高抬刺刀的卫兵冷冰冰地说。

大家只好加快步伐，继续战战兢兢地往前走。她们的心都"扑通扑通"地狂跳着，再也没有心思欣赏周围墙上的壁画了。

只有无序，不但没有丝毫的害怕，反而情绪高涨地指着两边的壁画碎碎念起来："你们发现没有，其实他们豺狼族个个都是杰出的建筑家和艺术家。没有比他们更聪明的种族了，他们不仅精通建筑，还精通战略战术……"

正说着，不远处忽然传来一个令人毛骨悚然的声音："无序……"

小马们顿时吓得连连后退，柔柔差一点跌坐在地上。

"无序，你这个叛徒！当初我待你不薄，你却背叛我，把我最心爱的骨头偷偷交给了那些喵星人。你竟然还敢回来？哼哼，今天可是你自己送上门来的！"

无序抬头一看："哎哟，这不是我的老朋友、老伙计豺狼王嘛！你一向可好？哎呀呀，你听我解释，当初可不是我想背叛你呀，你看看，你把国家治理得……啧啧，太井

然有序啦！谁都知道我无序是个痛恨秩序、讨厌约束、藐视纪律的人！这能怪我吗？我就是忍不住要把它搅得天翻地覆嘛！"

豹狼王从宝座上猛地站起来，挥舞着金色的弯钩权杖："你说得对！上次没直接把你扔进大牢，是我的错，这次我可不会再手下留情了！无序，现在我宣布，判处你和你的伙伴……"

就在这时，一只紫色猫咪"嗖"的一声跳到了豹狼王的头上，尖利的爪子瞬间在他的头上留下了几道抓痕。

"上！猫儿们！"只听紫色猫咪一声令下，无数只猫从房顶一跃而下，冲向豹狼族。他们的尾巴开成三道岔，身形修长，爪子无比锋利，顿时把豹狼族打得"嗷嗷"怪叫，毫无招架之力！

趁着现场一片混乱，无序赶紧一把抱起柔柔，撒开短腿就往门外跑："姑娘们，开溜啦！"可爱军团紧紧地跟在他身后，那只攻向豹狼王的紫色猫咪在前面带路。

"无序，你认识这些猫咪？"柔柔在无序的怀里蜷成一团。

"当然认识啦，这是我多年前的老交情啦！活得老就是好哇！"无序得意地笑起来。

眼看就要逃出去了，谁知斜刺里冲出一个豹狼卫兵，拦住了去路："小朋友们，看你们往哪儿逃！"

"无序，救命，救命啊！"可爱军团大声呼救起来。

"喵！"一只蓝色猫咪飞上半空，两条腿用力地蹬向豹狼卫兵的胸口——"砰！"对方轰然倒地！

可爱军团撒开蹄子全力奔跑，身后紧跟着一群猫咪保护着她们。

跑出去一看，无序已经跟那只紫色猫咪叙起旧来啦。

"我就喜欢你这样的，巴斯特！你们

一点都不循规蹈矩，跟我一样，是制造混乱的大师！哈哈哈！"无序跟人家勾肩搭背的，看来关系果然很不错。

那只紫色的猫咪巴斯特开口了，声音是好听又稳重的女声："好久不见啊，无序。"

"巴斯特，当初我跟你们站同一战线，嘿嘿嘿，真是没选错！"无序开心地揽了揽她的肩膀。

巴斯特看看柔柔，又看看可爱军团的三个小朋友，挑了挑眉："无序，没想到一段时间没见，你身边的同伴都变得这么可爱啦！我看，你和从前不太一样了。"

三个小朋友在背后偷偷地跟柔柔八卦起来："哇，听他们聊天，感觉他们以前关系真的很不错！你们说，那个猫咪巴斯特该不会是无序从前的女朋友吧？"

"嘘——不要随便在背后议论别人！"柔柔轻声地说。

而巴斯特也在饶有兴趣地打量着柔柔，她悄悄地问无序："我看，那只温柔的小马跟你关系不一般……"

"啊？"无序的手指头缠来缠去，突然不好意思起来，"哪有，你别胡说啊！柔柔……柔柔只是我的普通朋友而已！"

巴斯特斜着眼，看着表情变得有些尴尬的无序："好啦好啦，用不着对我说谎。我可是最了解你的，你这个家伙，没心没肺的，能陪在你身边的，怎么会是'普通'朋友呢？"

无序两手一摊："好吧，我承认还不行吗？那个柔柔——是我最重要的朋友，她呀，改变了我的人生呢！因为她，我才成为现在这个和善又活泼的我。好了，这么说你满意了吧？咳咳，今天我是带这群小马出来玩的。真是不好意思，好不容易重新见到你，可我又得走啦……"

巴斯特亲昵地站起来，用头顶蹭了蹭无序的长胡子："哈哈，我猜得果然没

错。没关系，我也从没指望你一直留在这儿。从前你帮助我们抵抗豺狼族，我很感激你，不过我也知道，我们不可能一辈子依赖你。你去你要去的地方吧，我们会凭自己的力量好好加油的！"

听到这里，甜心宝宝忍不住插嘴道："巴斯特小姐，我觉得要打败豺狼王，你们可能需要友谊的魔力！"

"好聪明的小姑娘！你是怎么知道的？"巴斯特温柔地摸了摸她的头。

甜心宝宝歪着头看着巴斯特，非常认真地说："我刚才在塔里看到了很阴暗的壁画，你知道吗，我顿时就想起了我们那个世界的大魔头。她啊，是因为孤独才变得暴躁又专横。后来，我姐姐她们就是利用友谊的魔力打败她的！所以我想，豺狼王一定也一样。"

"好厉害的小姑娘！"巴斯特顿时对这个小不点刮目相看，"我会接受你的建议，我会留意找找友谊魔力，看它是否有你说的这么神奇。"

无序看着巴斯特，多少有些不舍："老朋友，我们该说再见了！"

"相信我们还有机会再见的，"巴斯特看无序的眼神格外温柔，她附在无序的耳边轻轻地说，"下次来，可别带柔柔了，我可是会吃醋的！"

"啊哈哈哈！"无序装作听不懂的样子，"拜拜！向我们的下一站——出发！"

5 传说中的国度

时光机的指针疯狂地转动起来——
"叮！"不知过了多久，终于响起了到站

的声音。

"到站喽、到站喽，女士们请下车！我们回到、回到……"

"咣当、咣当当，砰砰砰。"无序打开时光机的门，看着外面，顿时有点傻眼——怎么是未来城市呀！瞧这自动化的建筑、机械化的服装……

"哎哟，操纵失误！"无序赶紧把门关上，"我们好像穿越得有点过头了，跑到未来世界啦！"

"未来世界不好吗？我们想看看未来世界！"可爱军团齐声说。

"不行不行！"无序坚定地摇摇头，"天机不可泄露，未来世界怎么能随便让你们看到！"他赶快重新拉动控制杆，再次启动了时光机。

"这回对啦！"他重新打开门，看了外面一眼，开心地叫起来，"这里就是传说中的海底小马城市——海马兰

蒂斯！当当当当当——"

外面俨然是一片海底世界：各式各样的珊瑚礁们组成了道路、建筑。蓝色的圆顶房子，蓝色的水草，就连蜿蜒的小路也是蓝色的，玫红色的珊瑚丛远远看上去像春天开满花朵的树林。巨大的气泡中间，小马们一摇一摆地游着——他们的下半身全都长着鱼尾巴！

"小心哦，别出这个时光机，我们现在可是在水下，一出去就会——"无序掐住自己的脖子，做了个溺水的样子。

"美是美，可是我们不能出去，怎么考察呢？"柔柔问道。

"这倒也是，可惜可惜，那只好再换一个地方啦，我们去陆地吧！"无序"啪"地关上门，第四次启动了时光机。

这回，她们来到了一片荒芜的土地。地上长着的植物都无比巨大，然而在地上行走的动物更加巨大——是恐龙！

高大的恐龙在溪边打闹；头上长着两只大角的蜥蜴正在玩着游戏；长脖子的雷龙悠闲地嚼着食物；霸王龙带着孩子飞快地奔跑。

这景象简直太神奇啦！

柔柔早就心花怒放，喜出望外了——这可是满地的恐龙，活的恐龙呀！其他地方都见不到的呀！

"怎么样？我就说让我带你们来准没错，这回相信了吧？"无序看着神魂颠倒的柔柔，心里可得意了，"你们在这里可以看见各种各样的远古生物，过去你们可只能在书本里见见他们。"

柔柔的头点得飞快："是呀！是呀！哇，那只蜥蜴一定会魔法！哇，我还看到一种奇怪的马，那肯定就是史前小

马！啊，还有……还有许多我都叫不上名的动物呢！哎呀呀……"她都不知道先看谁好啦。

"你们快看，现在我们的头顶上就有一只巨鸟……"此时，无序正懒洋洋地躺在草地上，指着空中的一个巨大身影说道。

可爱军团也学他的样子，躺在了草地上："真的是巨鸟！看，他越来越近了！他……他朝我们过来了！"刚说完，那只巨鸟一个俯冲，大爪子一把就将三个小傻瓜抓了起来，然后飞速地回到空中。

这下无序可傻眼啦！他连滚带爬地跑到柔柔面前，支支吾吾地告诉她："那个……柔柔，你听了别生我的气啊，刚才……有只食肉恐鸟，把……把三个小姑娘抓，抓走了……"

柔柔一听，差点就急哭了："无序！你怎么搞的？还不赶紧追上去？"

她一振翅膀，飞上天空，朝着恐鸟冲去。

无序不好意思地跟在后面，一句话也不敢说。

柔柔气得直发抖："一个不留神，你就没看好孩子们！你能不能靠谱点儿啊？她们被抓走了，你能不能快点反应过来？都怪你，浪费时间！现在恐鸟都飞远了！要是我们追不上他，要是孩子们有个三长两短，我……我……"她的眼泪真的要出来了，"你知道恐鸟有多危险，为什么不第一时间保护好她们？你不是很厉害吗？你的厉害为什么就不能用来帮助朋友呢？"柔柔的脸涨得通红。

"怪我，怪我……"无序内疚得要命，"我是好心好意带你们来见识一下稀有动物的，我也没想到会发生这样的事情！我……"

"巴斯特小姐说得对，你确实没心没肺，根本不懂得担心别人！"柔柔的声音

越来越虚弱——她已经跟着恐鸟飞出很远的距离了，可是她只是一只小马呀，她的体力渐渐耗尽，再也飞不动了。

"我……我不行了……"说完，她的翅膀停止了扇动，整个身子软趴趴地坠了下去……

无序这才意识到，自己的没心没肺给朋友们带来了多大的麻烦——他从来不替她们着想；他从来没想过，对于强大的自己来说一点也不危险的动物，对于小马们而言是多么可怕的存在；他也从来不会为了别人担心着急……

天哪，柔柔说得对，都怪他！

他必须现在、立刻、马上弥补这一切！

无序吹起了口哨。呼啦啦！一阵烟雾弥漫整个天空，天空中掀起一阵飓风……

⑥ 收获新的无序

"柔柔姐姐，醒醒！"甜心宝宝的声音仿佛从很远的地方传来……

柔柔感到眼前有身影在晃动，是可爱军团吗？

她睁开眼睛，可爱军团毫发无损地围在她的身边呢。

虽然自己浑身无力，不过柔柔总算是放下心来："你们没事就好……我记得……我从空中掉了下来……是谁救了你们？"

"是无序！他救了我们，也救了你。"苹果丽丽小声说。

"无序？他在哪儿？"

醒目露露指了指不远处："他在那里。他喊来了一只很厉害的龙蝶，那只龙蝶扇扇翅膀，就把恐鸟给掀翻啦！恐鸟一松开爪子，我们就掉下来了，龙蝶一个翻身，接住了我们，然后我们就被他送回地面啦！可把我吓死了，我还不小心揪下了他背上的一撮毛，嘿嘿……"说完，醒目露露摊开蹄子，一小撮紫色的绒毛被她握着呢。

柔柔扭头一看——啊，真的有一只龙蝶在和无序说话呢。

这就是无序说的龙蝶吧，真的很美丽呢！身躯庞大，可是眉眼十分温柔，身子后面拖着长长的尾巴，通体紫色，眼睛像好看的宝石，翅膀发出幽蓝色的光。

原来无序想给柔柔看的，是这么美好的动物呀！

无序慢慢腾腾地走过来，看上去还有点害羞："柔柔，我得向你道歉，我确实太鲁莽了，只想着自己开心，没有把可爱军团照顾好，让大家受到了惊吓。你能原谅我吗？我以后会改的！"

"嗡嗡，嗡嗡，嗡嗡嗡……"龙蝶发出非常可爱的声音。

无序拍拍龙蝶毛茸茸的大脑袋，笑嘻嘻地说："龙蝶不会说话，我来替他翻译一下吧！他说我就是鲁莽的代言人。嘿嘿，这个我承认。他还说，原谅别人是一种美德。"说完，他可怜巴巴地对着柔柔扑闪了几下眼睛。

听无序这样解释，大家都笑了。

"无序，我当然会原谅你啦！其实回头想一想，今天的经历非常有意义。我们看到了豺狼族，认识了猫咪巴斯特小

姐，看到了小马鱼，看到了恐龙、恐鸟，还有龙蝶！这是最棒的野外考察啦！"柔柔扑进了无序的怀里。

她想了想，又补充道："而且，我相信你也有收获——过去发生的一切虽然没办法改变，但我们每个人都可以通过努力，改变现在的自己。既然和朋友在一起，我们就应该共同面对困难，每时每刻都记得关心他人，不可以鲁莽、草率行事。龙蝶，我说得对吗？"柔柔走到龙蝶面前，微笑地看着他。

"嗡嗡，嗡嗡……"龙蝶用自己的头轻轻地蹭了蹭柔柔的脸。

无序、柔柔和可爱军团依依不舍地和龙蝶挥手告别："再见了，漂亮的龙蝶，我们会想念你的！现在，大家要回家啦！"

"我们回家！但愿今天是我生命中混乱的最后一天，从明天起，我要做崭新的自己。"无序发誓道。

"为什么还要从明天起，不是从今天开始？"

柔柔和可爱军团一齐盯着无序。

"哈哈，大家坐稳了，起飞喽！"

随着时光机的腾空而起，天空中再次传来可爱军团嘹亮的歌声：

看这里有三只小马，准备为大家表演，

听好了，因为这里有一个故事，我们要大声唱出来！

当我们还是小马驹时，我们的身侧一片空白，

觉得阳光永远不会照在我们身上，因为我们没有可爱标志。

所以我们三只小马努力奋斗，没有什么能让我们恐惧！

我们不知道接下来会发生什么，直到我们的可爱标志出现。

我们是可爱标志军团，为了寻求真

实的自我。

我们的旅途不会停止，直到我们拥有可爱标志。

啦啦啦，啦啦啦……

柔柔的"改变现在"友谊箴言

虽然每个人都有不完美的地方，可是如果你想改变自己，就从现在开始吧！因为，对未来而言，现在就是最早的机会啦！过去的我们，可能鲁莽，可能不会关心他人，可能冒冒失失……放心，只要你有改变自己的心，一定可以实现的。

一起来创造你的小马王国！

你喜欢故事中这些小马吗？喜欢博学聪明的紫悦？爽朗帅气的苹果嘉儿？时尚美丽的珍奇？温柔贴心的柔柔？可爱大方的云宝？还是神经兮兮的碧琪？又或者，是个性十足的众多配角？

请尽情释放你的喜爱，创作属于你的小马故事！

小马宝莉系列欢迎你的投稿！写作要求很简单：

1. 以小马宝莉中的角色为主角；

2. 不脱离原作角色性格，符合小马利亚的场景设定；

3. 最好是饱含想象力的幻想故事；

4. 写明自己的姓名、联系地址、邮编及电话。

请将作品投到：hysxinxiang@126.com

你的作品将有机会刊登在小马宝莉的相关图书上！

还等什么？加入小马宝莉的队伍，在小马利亚欢乐地飞翔吧！

图字 11-2016-320 号
图书在版编目（CIP）数据

虫茧女王归来/美国孩之宝著；伍美珍儿童文学工作室
改编.—杭州：浙江少年儿童出版社，2016.11
（小马宝莉之友谊就是魔法）
ISBN 978-7-5342-9691-8

Ⅰ.①虫… Ⅱ.①美…②伍… Ⅲ.①儿童小说-中篇
小说-小说集-美国-现代 Ⅳ.①I712.84

中国版本图书馆 CIP 数据核字（2016）第 252852 号

小马宝莉之友谊就是魔法

虫茧女王归来
CHONGJIAN NÜWANG GUILAI

[美]孩之宝/著
伍美珍儿童文学工作室/改编

责任编辑　柳红夏
美术编辑　吴珩　柳红夏
责任校对　冯季庆
责任印制　吕鑫

浙江少年儿童出版社出版发行
　　（杭州市天目山路 40 号）
杭州富春印务有限公司印刷
全国各地新华书店经销
开本 880mm×1300mm　1/32
印张 5.5　彩页 5
字数 58000　印数 1—30120
2016 年 11 月第 1 版
2016 年 11 月第 1 次印刷
ISBN 978-7-5342-9691-8
定价：19.80 元
（如有印装质量问题，影响阅读，请与承印厂联系调换）